SILVER CREEK 2

Katies große Liebe

SILVER CREEK 2

Katies große Liebe

Beth Kincaid

Pony Club

Titel der amerikanischen Originalausgabe:
TRUE ROMANCE

Published by arrangement with the Berkley Publishing Group, New York, USA, through Mohrbooks AG

Umschlag-Illustration:

Übersetzung: Albert Baier

Herausgeber und Verlag:
PonyClub, Stabenfeldt GmbH, München
Redaktion und DTP/Satz:
Stabenfeldt GmbH, München
Druck: AIT Scandbook AB, Falun, Schweden 1999

ISBN 3-933099-42-0

Kapitel 1

„Ich glaube, ich bin verliebt."

„Diese Augen ... "

„Diese Schultern ... "

„Diese starken Muskeln ... "

„Dazu eine schöne Hinterhand."

Sharon Finnertys Augen wurden immer größer. „Was? Habe ich da richtig gehört? Kam das etwa aus dem Mund von Katie Anderson, dem Ex-Grünschnabel aus der Pfadfindertruppe?"

„Hey! Moment mal!" Katie funkelte ihre drei Freundinnen an. „Also ich rede von der neuen Fuchsstute. Und wen meint ihr bitte, wenn ich fragen darf?"

Sharon seufzte. „Ehrlich gesagt, ich hatte eher an den Besitzer der Stute gedacht."

„Ja, ich auch", schloss sich Melissa Hall an. „Du musst doch zugeben, dass er der absolute Supertyp in diesem Laden hier ist."

„Also, ich hab natürlich auch die Stute gemeint, genau wie Katie", sagte Jenna McCloud und sprang vom Zaun des Reitplatzes.

Sharon legte ihren Arm um Melissas Schulter. „Katie und Jenna sind echt noch zu jung für wahre Romantik!"

Katie runzelte die Stirn. „Na klar! Jenna und ich sind zwölf, Melissa ist dreizehn, du bist schon uralte vierzehn, echt ein weises Alter, Sharon."

Lautes Protestgewieher unterbrach plötzlich das Gespräch. Die Fuchsstute riss heftig an ihrem Führstrick und weigerte sich in den Stall geführt zu werden. Ihr Besitzer stemmte sich mit aller Kraft gegen sie. „Los jetzt!“, befahl er barsch. Schließlich gab die Stute nach und ließ sich in den unbekannten Stall bringen.

„Armes Pferd“, seufzte Katie. „Der Typ könnte wirklich netter mit ihr umgehen.“

„Also der Geduldigste scheint er nicht gerade zu sein“, stellte Sharon fest, „aber du musst zugeben, seine Frisur ist ein Traum.“

„Du kannst dich ja heute Abend in der Camp-Disco an ihn ranmachen“, schlug Katie vor.

Jenna machte einen Handstand im Gras und meinte: „Ach, ich kann’s noch gar nicht fassen, dass die Zeit im Reitcamp hier in Silver Creek schon halb vorbei ist.“ „Dabei haben wir uns noch nicht einmal gegenseitig umgebracht“, stellte Melissa trocken fest.

„Jenna lachte und dachte an die erste Zeit, in der sich die vier Mädchen vom Vollblüter-Zelt ziemlich zusammenraufen mussten. So hart, dass ihnen die Betreuer sogar den Spitznamen „Tollwüter“ gegeben hatten. Eigentlich war es gar nicht so, dass sie sich nicht gemocht hätten – immerhin waren Katie und Jenna von klein auf die besten Freundinnen. Es lag vielmehr daran, dass alle vier in den ersten Tagen sehr stark mit sich selbst beschäftigt gewesen waren.

Sharon hatte bei einem Unfall ihr Pferd verloren und war sehr schwer verletzt worden. Sie machte eine harte Zeit durch und musste sich allmählich mit der Tatsache abfinden, nicht mehr die tolle Reiterin von einst zu sein. Melissa, eine der wenigen Afroamerikanerinnen im Camp, war erst kürzlich von Maryland nach New York gezogen und fühlte sich einsam. Katie schließlich, die noch nicht allzu lange ritt, machte es ziemlich nervös, von so vielen besseren Reiterinnen umgeben zu sein.

Und Jenna hatte geschmollt, weil ihre Familie es sich nicht leisten konnte, Turbo zu kaufen, den wundervollen Fuchswallach, an dem ihr ganzes Herz hing. Dann aber hatte Rose, die Besitzerin von Silver Creek, Turbo für den Reitstall erworben, und so hatte sich alles zum Guten gewendet.

„Eigentlich sind wir ja gar keine richtigen Tollwüter mehr", überlegte Jenna laut und kaute an einem Grashalm. „Vielleicht sollten wir uns einen neuen, etwas seriöseren Namen zulegen."

„Wie wär's mit ‚Die Reiterinnen von Silver Creek'?", schlug Katie vor.

„Hm, gefällt mir", meinte Sharon. „Trotzdem fand ich die Nummer mit den Tollwütern Klasse."

„Also los, bewegt euch, Reiterinnen!", forderte Jenna sie auf und sprang hoch. „Das Mittagessen wartet." Sie stürmte auf das große, alte Haus zu, hielt inne und drehte sich um. Sie sah, wie ihre drei Freundinnen vällig gebannt auf den Besitzer der Fuchsstute starrten, der gerade zielstrebig auf sein Zelt zusteuerte.

„Also ihr seid wirklich hoffnungslose Fälle", schimpfte Jenna, als die drei sie schließlich einholten. Sie stieß Katie an: „Was gab's denn da zu starren? Das Pferd von dem Typen war doch weit und breit nicht zu sehen!"

Katie wurde rot. „Vielleicht ist er ja gar nicht so doof", meinte sie. „Eins steht jedenfalls fest. So tolle Haare wie er hat keine von uns."

Jenna schob ihr Tablett mit einem Seufzer zur Seite. „Mein Gott, hab ich viel gegessen. Hoffentlich kann ich nachher noch Baseball spielen", stöhnte sie. „Heute heißt es: Jungs gegen Mädchen", fügte sie hinzu. „Da muss ich mich ins Zeug legen. Sharon macht den Schiedsrichter."

Sharon klopfte auf die Schienen an ihren Beinen. „Ich glaube, Schiedsrichter zu sein, das ist echt mein Ding. Da schmeiße ich euch schneller vom Platz, als ich in meinen besten Zeiten gerannt wäre. Du machst doch auch mit Melissa, oder?"

„Tut mir Leid, keine Zeit“, lehnte Melissa ab. „Ich muss Marcus schreiben.“ Sie runzelte die Stirn und ihre dunklen Mandelaugen blickten in die Ferne. „Ich habe schon seit vier Tagen nichts von ihm gehört.“

„Mach dir keine Sorgen, Melissa!“, tröstete Katie sie. „Ich bin sicher, heute ist eine Diskette von Marcus da.“ Melissa und ihr Freund in Maryland schickten sich nämlich Briefe auf Computerdisketten.

„Willst du nicht auch beim Baseball mitmachen, Katie?“, fragte Sharon.

„Ach nein, das ist nichts für mich. Ihr wisst doch, dass meine Arme und Beine beim Sport nie so wollen, wie ich will. Ich geh lieber in den Kunstkurs, der heute Nachmittag läuft.“ Sie sah Jenna und Sharon nach, als die beiden weggingen. Sharons Gang war eigentümlich schlingernd, aber das fiel Katie fast schon nicht mehr auf. „Sharon scheint es besser zu gehen. Findest du nicht auch?“, stellte sie fest.

„Hmm?“, fragte Melissa geistesabwesend.

„Sharon.“

Melissa folgte Katies Blick. „Sie scheint jetzt besser damit zurechtzukommen, oder?“

„Trotzdem. In der Reitgruppe sehe ich ihr manchmal an, wie frustriert sie ist und sich denkt: ‚Um ein Haar hätte ich zum Olympischen Team gehört und jetzt kann ich noch nicht mal leichttraben‘“, antwortete Katie. „Aber sie ist schon viel lockerer geworden und kann Witze über sich selbst machen.“

Melissa ergriff ihr Tablett und stand auf. „So, ich werde jetzt mal meinen alten Laptop anwerfen“, verkündete sie.

„Ist alles ... in Ordnung, Melissa?“

„In Ordnung?“, wiederholte Melissa. „Meinst du mit Marcus?“ Sie zuckte mit den Achseln. „Ich hoffe. Als ich nach der Scheidung meiner Eltern mit meiner Mutter hierher gezogen bin, wusste ich, dass es schwer sein würde, mit Marcus in Kontakt zu bleiben. Aber ich glaube immer noch, dass wir es schaffen können. Er will mich sogar besuchen. Ist das nicht toll? Ich habe ihm vorgeschlagen, zu unserem Abschlussturnier zu kommen."

„Oh, Gott. Erinnere mich nicht daran!", bat Katie. „Du und Jenna, ihr reitet so viel besser als ich. Und Sharon – na ja, die kann sich ihre Wände mit Siegerschleifchen tapezieren. Ich hasse Wettkämpfe!"

Melissa lachte. „Katie, du reitest doch erst ein paar Monate. Jenna, Sharon und ich tun das seit Jahren. Du machst das sehr gut."

Katie starrte auf ihr übrig gebliebenes Essen. Melissa hatte gut reden. Sie war super in der Schule und gehörte zu den Menschen, denen fast alles perfekt gelang, was sie anpackten.

„Ach, ich weiß nicht", sagte Katie. „Es ist sicher besser, wenn ich erst nächstes Jahr an Wettkämpfen teilnehme. Ich muss noch so viele Dinge verbessern: meine Übergänge, mein Leichttraben, meine Haltung ..."

„Katie! Daran muss sogar ich noch arbeiten. Aber das macht doch gerade den Spaß am Reiten aus. Du kannst immer besser werden." Melissa nickte Richtung Tür. „Ich geh jetzt. Du weißt schon: Wahre Liebe und all das. Ich schau noch mal meine E-Mails durch, für alle Fälle." Sie warf Katie einen traurigen Blick zu und verließ den Tisch.

Arme Melissa. Katie fragte sich manchmal, ob ein Freund wirklich all die Schwierigkeiten wert war. Jenna fand immer, Katie sei eine hoffnungslose Romantikerin. Immerhin hatte sie eine ganze Menge schnulziger Schmöker gelesen. Aber in den Büchern erschien immer alles so leicht: Dein Schwarm ergreift deine Hand, ihr schaut euch in die Augen und dann spielen die Geigen. Keine peinlichen Momente, keine unbeantworteten Briefe ..., träumte Katie.

Kurz darauf steuerte sie in der goldenen Nachmittagssonne dem Kunststudio zu. Jeder in dem Kurs schien an dem gleichen Thema zu arbeiten: Pferde in allen Formen, Farben und

Versionen – auch wenn manche von den Werken aussahen wie ein Pudel mit Sattel.

„Hallo, Katie!“, rief Jay von einem der Arbeitstische herüber. „Willst du’s mal mit Origami probieren? Du weißt schon, diese japanische Papierfaltkunst.“

„Das habe ich neulich schon versucht. Alle meine Vögel haben wie Pferde und die Pferde wie Vögel ausgesehen.“ Sie steuerte auf ein Regal mit einem großen Stoß Skizzen zu. „Ich glaube, ich werde ein bisschen zeichnen“, erklärte sie und griff nach ein paar Kohlestiften.

„Hast du schon ein Thema?“

„Ja, ich hab da was Neues im Sinn“, verriet Katie. „Einen wunderschönen Rotschopf. Ich arbeite heute draußen.“

Jay folgte ihr bis zur Veranda. „Stell dir vor: Rose will eins von deinen Bildern für die Titelseite des Programmheftes für das Abschlussturnier nehmen.“

„Wirklich?“, rief Katie. Rose war die Besitzerin von Silver Creek, eine etwas barsche, aber sonst sehr nette, ältere Frau. Sie hatte den Reitstall eröffnet, als ihr die Lust vergangen war, weiter auf der Rennbahn zu arbeiten.

„Sie meint, du hast eine Menge Talent. Und glaub mir, niemand hat hier mehr Pferdebilder gesehen als Rose, so lange wie sie schon Silver Creek leitet. Ihr gefällt die Blooper-Skizze so gut, wie er auf der Weide galoppiert. Sie findet, du hast Bloop so gezeichnet, wie er wirklich ist.“

Katie fühlte sich geschmeichelt, dass Rose ihre Arbeit so schätzte und sie für die Programmhefte verwenden wollte. Aber bei dem Gedanken an das Turnier drehte sich ihr trotzdem fast der Magen um.

Mit ihren Zeichensachen betrat sie den alten Stall und atmete den süßen Geruch von Heu, Pferd und Leder ein. In der letzten Box sah sie die wundervolle Fuchsstute, ihr Modell, stehen. Zuerst ging sie aber in die Box nebenan und kniete sich neben Say-So, einen braunen, sehr ausgeglichenen Wallach, den Katie letztens auf einem Ausritt geritten hatte. Dabei hatte er sich erneut sein Bein verstaucht, als er beim Anblick einer Schlange, die vor ihm über den Weg kroch, in Panik geraten war. Zum Glück hatte sich Say-So nicht schlimm verletzt. Dennoch durfte er eine Zeit lang nicht geritten werden. Das Einzige, das für immer angeschlagen zu sein drohte, war Katies Selbstbewusstsein gewesen. Sie war sehr unglücklich gestürzt, aber Sharon hatte ihr in einer Mischung aus Eigenerfahrung und derb-herzlicher Sympathie klarzumachen versucht, dass dieser Sturz nicht das Ende der Welt bedeutete.

„Du siehst gut aus, Say“, lobte sie ihn und gab ihm einen zärtlichen Klaps.

Genau in dem Moment hörte Katie energische Schritte den Mittelgang herunterkommen. Sie konnte gerade noch den Besitzer der neuen Stute vorübergehen sehen, diesen „tolle-Augen-tolle-Haare-ich-hab-Kohle“-Typ, dem Melissa und Sharon so fasziniert nachgestarrt hatten. Katie begriff das nicht. Bei diesem finsteren Blick, mit dem er herumlief, konnte sie wirklich nicht verstehen, was die beiden so aufregend an ihm fanden.

„Wir beide müssen noch ein Wörtchen miteinander reden“, begrüßte er seine Stute. Katie drückte sich eng an Say-So – nicht, um sich zu verstecken, sie wollte einfach nicht gesehen werden.

In der Box nebenan spitzte die Stute die Ohren und tänzelte aufgeregt zur Begrüßung ihres Besitzers umher. Der starrte sie nur sauer an. Die Stute stupste ihn mit ihrem Maul an und erhoffte sich ein Zeichen der Zuneigung.

„Du hast mich heute ganz schön genervt, weißt du das?“, motzte er stattdessen. „Was hat dir denn heute früh an dem Anhänger nicht gepasst? Es hat eine ganze Stunde gedauert, bis du dich hineinbequemt hast. Wie oft muss ich dir noch ...“ In dem Moment ließ Katie ihren Skizzenblock fallen. „Ist da jemand?“, fragte er.

„Ich, eh, ich hab nicht gelauscht", versuchte Katie zu erklären und lief puterrot an. Sie hob ihren Block auf und verließ Say-Sos Box. Als sie neben dem Besitzer der Stute stand, kam er ihr viel größer vor als aus der Entfernung. So groß, dass Katie unwillkürlich einen Schritt zurück trat. Es lag etwas Einschüchterndes im Blick seiner dunklen Augen.

„Ich hab mir nur gerade das eine Bein dieses Wallachs angesehen ... Er hat sich vor kurzem verletzt und ... aber das ist eine lange Geschichte." Sie nickte in Richtung seines Pferdes. „Das ist eine wundervolle Stute. Wie heißt sie?"

„Romance."

„Ein schöner Name. Ich bin Katie Anderson."

Der Typ antwortete nicht. Er starrte Romance ärgerlich an und ließ Katie links liegen, als ob sie gar nicht existierte. Er hatte stechende, fast schwarze Augen und lange, gewellte Haare in derselben Farbe. Sharon hatte schon Recht. Seine Haare waren wirklich schön.

„Und ... ", begann Katie.

„Oh", entschuldigte er sich, „tut mir Leid. Ich war in Gedanken gerade bei Romance. Ich heiße Matt Collier."

Er streckte seine Hand aus, um über das linke Ohr von Romance zu streichen. Sie reagierte ganz geschäftig darauf und bewegte den Kopf leicht hin und her, um den Druck seiner Hand zu verstärken.

„Das reicht jetzt", sagte Matt und zog seine Hand zurück. „So bescheuert, wie du mich mit dem Anhänger genervt hast."

„Gab's Probleme beim Einladen?", wollte Katie wissen.

„Es ist jedes Mal das Gleiche mit ihr. Sie starrt mich eine halbe Stunde an nach dem Motto ‚Keine Chance! Da geh ich nicht rein!' Bis ich wütend werde und dann brauch ich zwanzig Leute, um sie in den Anhänger zu kriegen."

„Hast du schon mal versucht, sie mit Hafer reinzulocken?"

„Glaub mir! Ich habe alle Tricks der Welt ausprobiert: locken, Augen verbinden, ihr ein Pferd zeigen, das in den

Transporter geht und ihn wieder verlässt, oder mit Ginster antreiben.“ Er seufzte. „So ist sie nun mal. Romance hat ihren eigenen Kopf. Sie ist stur wie ein Maulesel und genau genommen, sind Pferde und Maulesel ja auch sehr eng verwandt miteinander.“

Katie musste lachen. Auch Matt lächelte für den Bruchteil einer Sekunde, aber es war lang genug, damit dieser „Geh-mir-aus-dem-Weg-Blick“ verschwand. Gleich darauf kehrte sein finsterer Gesichtsausdruck wieder zurück.

„Für was brauchst du das Papier da?“, fragte er, aber er klang dabei nicht besonders interessiert.

Katie betrachtete ihren Zeichenblock. „Ich hatte eigentlich vor, eh, deine Stute zu malen, vorausgesetzt du hast nichts dagegen.“

„Und ob ich das habe. Sehr viel sogar.“

Katie schaute verdutzt. Hatte sie richtig gehört? Sie hatte fast alle anderen Pferde auf Silver Creek gemalt, und die Leute fragten sie sogar immer, ob sie ein Bild haben könnten. Es war ihr gar nicht in den Sinn gekommen, dass Matt nicht damit einverstanden sein könnte.

„Du hast mich sicher missverstanden“, versuchte Katie zu erklären. „Ich will sie ja nicht reiten. Ich möchte nur ein oder zwei Stunden in ihrer Box sein ...“

„Nein!“ Matt rieb sich die Stirn und seufzte. „Nein“, wiederholte er etwas freundlicher. „Dieses Pferd macht schon genügend Schwierigkeiten ohne dich oder irgendjemand anderen. Ich will nicht noch mehr Probleme. Verstanden?“

„Verstanden.“ Katie ging einen Schritt zurück und hob beschwichtigend die Hand.

„Ist ja schon in Ordnung. Ich habe kapiert.“

„Und du“, wandte sich Matt ermahnend an Romance, „versuch dich endlich anständig aufzuführen!“

Er ging an Katie vorbei zur Stalltür hinaus, eine dunkle Silhouette gegen eine gleißend weiße Sonne.

Katie schaute Romance an. Die hübsche Stute blickte verstört und stellte argwöhnisch ihre Ohren auf.

Mit einem verstohlenen Blick auf die Stalltür kam Katie näher an die Box von Romance heran und streckte die Hand aus, um sie zu streicheln. Die Stute genoss die sanfte Liebkosung wie ein durstiges Tier, dem man das Wasser entzogen hatte.

„Ist ja schon gut, mein Mädchen“, flüsterte Katie. „Vergiss diesen Griesgram! Es wird alles wieder gut. Ich steht dir jetzt zur Seite.“

Kapitel 2

Sharon verließ den Baseballplatz so schnell es ihre Beinschienen erlaubten. Gary Stone, der Tierarzt aus der Gegend, der sich um die Pferde von Silver Creek kümmerte, stieg gerade in seinen Kleinlaster ein, und sie wollte ihn um keinen Preis verfehlen.

„Gary“, rief sie, aber ihre Stimme ging in dem knatternden Motorengeräusch seines Wagens unter. Sie legte zwei Finger an ihre Lippen und ließ einen ohrenbetäubenden Pfiff los. Gary drehte sich in Sharons Richtung um und sie hob den Zeigefinger, um ihm anzudeuten, dass er auf sie warten solle.

„Hallo, Sharon! Alles in Ordnung?“, fragte Gary, als sie in Hörweite war. Garys Frau, Margaret, unterrichtete als Reitlehrerin in Silver Creek und deshalb kannte er die meisten Camper mit Namen.

„Danke, dass Sie gewartet haben“, keuchte Sharon. „Also, ich hätte da eine Bitte“, fuhr sie fort. „Ich weiß, dass Sie viel zu tun haben, aber könnten Sie nicht kurz einen Blick auf Luna werfen. Ich mache mir Sorgen um sie.“

„Luna?“, Gary runzelte die Stirn. „Ist das nicht die kleine Apfelschimmelstute?“

Sharon nickte. „Claire hat sich angeboten, Luna in diesem Sommer für einen Freund an der Longe zu trainieren. In letzter Sekunde musste sie aber noch eine andere Arbeit übernehmen und hat mir das Ganze aufgehalst. Ich bin eben ein gutmütiges Schaf!“

Zu Beginn hatte sich Sharon dagegen gesträubt, mit Luna zu arbeiten. Nur weil ihre Beine nicht voll funktionierten, wollte sie nicht, dass Claire ihr so ein verzogenes, schlecht trainiertes junges Pferd als eine Art Trostpreis präsentierte. Mit der Zeit jedoch waren sich Sharon und Luna näher gekommen. Sharon war kein Champion mehr, und Luna würde nie einer werden – und so hatten sie eine Freundschaft auf Probe geschlossen.

Gary griff nach seiner Arzttasche und stieg aus. „Was fehlt der Kleinen?“

„Na ja, ich bin mir nicht ganz sicher“, gestand Sharon, als sie auf den Stall zugingen. „Ich kenne sie ja erst seit Beginn der Campsaison. Sie ist von ihrem ersten Besitzer miserabel trainiert worden und Menschen gegenüber furchtbar scheu. Bei mir ist die Kleine jedoch richtig aufgeblüht, seit wir uns verstehen. Aber seit ein paar Tagen habe ich das Gefühl, dass alles wieder wie am Anfang ist.“

Sie betraten den stillen, schattigen Stall.

„Was ist denn vor ein paar Tagen passiert?“

Sharon blieb vor Lunas Box stehen. „Hallo, Luna, mein Kleines!“, begrüßte sie sie. Luna schaute gelangweilt auf, ihr Blick war stumpf. „Überzeugen Sie sich selbst. Sie frisst nichts, ist lustlos und reagiert überhaupt nicht mehr, wenn ich mit ihr arbeite. Sie hängt einfach nur so rum.“

„Sie hängt also rum. Aha!“ Gary öffnete die Boxentür. „Ich kann mich nicht erinnern, an der tierärztlichen Fakultät über dieses spezielle Problem irgendetwas gelernt zu haben.“ Er näherte sich Luna ganz langsam und strich ihr beruhigend über den silbrigen Hals. „Na, lass dich mal ansehen, mein Mädchen!“

„Das Komische ist, sie kann sich auch richtig verrückt aufführen. Dann läuft sie in der Box ständig im Kreis umher, als ob sie manisch-depressiv wäre. Und Kirk, einer unserer Stallburschen, hat mir erzählt, er hat gesehen, wie sie gestern auf der Westkoppel draußen stundenlang am Zaun hin und her gerannt ist.“

Sharon beobachtete, wie Gary Luna die Temperatur maß und seine Finger unter ihren Kieferknochen legte, um ihr den Puls zu fühlen.

„41 Schläge pro Minute", erklärte er. „Etwas erhöht, aber vielleicht hat das Thermometer sie nervös gemacht."

„Das kann man ihr doch nicht verdenken, oder?", fragte Sharon und fuhr mit den Fingern durch Lunas seidige Mähnenhaare.

Gary las die Körpertemperatur ab. „38 °C. Kein Grund zur Aufregung." Er langte nach dem Stethoskop und während er Lunas Herz und Lungen prüfte, sprach Sharon liebevoll auf die Stute ein.

Gary war ein guter Tierarzt und dazu ein netter Kerl. Mit den ausgewaschenen Jeans und der Strubbelfrisur sah er nicht gerade wie ein gestrenger Arzt aus, aber von denen hatte Sharon bis ans Ende ihres Lebens sowieso die Nase voll. Sobald sie ein Stethoskop sah, kam die Erinnerung an die langen, dunklen Monate im Krankenhaus nach ihrem Unfall. Der Unfall, bei dem ihr Pferd Cassidy getötet worden war und der von Sharon nur noch einen Schatten der Reiterin zurückgelassen hatte, die sie einst gewesen war.

Als Gary seine Untersuchung beendet hatte, verschränkte er die Arme über der Brust. „Ich kann nichts finden", stellte er fest und schüttelte den Kopf. „Hat sich etwas Routinemäßiges verändert? Anderes Fressen? Anderer Zeitplan?"

„Nö. Ich arbeite mit ihr jeden Tag an der Longe. Auch Claire, wenn sie kann. Luna verbringt die meiste Zeit draußen auf der Koppel zusammen mit den anderen Pferden, die nicht im Unterricht eingesetzt werden", antwortete Sharon und strich Luna über das samtige Maul.

Gary legte sein Stethoskop in die Tasche zurück. „Ich schlage vor, du behältst sie im Auge und rufst mich an, wenn was los ist. Manchmal sind die Probleme bei Pferden nicht körperlicher Natur. Es sind nun mal sehr sensible Tiere. Vielleicht ist das jetzt eine verspätete Reaktion auf Lunas Trennung von ihrem alten Besitzer."

„Aber es ging ihr doch den ganzen Monat über gut", widersprach Sharon ärgerlicher, als sie das eigentlich wollte. Sie seufzte. „Entschuldigen Sie, Gary. Ich glaube, ich bin deshalb so frustriert, weil ich nicht genau sagen kann, was ihr fehlt. Und ich weiß zwar nicht warum, aber ich fühle mich verantwortlich für sie."

Gary lächelte beruhigend. „Ich bin sicher, das ist bald vorbei. In ein paar Tagen muss ich Say-So wieder untersuchen. Dann schaue ich mir Luna noch mal an."

„Wie geht's übrigens Say?"

„Er kann nächste Woche schon wieder geritten werden", antwortete Gary.

Sharon lachte. „Das wird wohl bei Luna noch eine ganze Weile dauern. Wir arbeiten noch immer an einer so schwierigen Übung wie ‚Brr!'."

„Wir sehen uns in den nächsten Tagen. Bis dann", verabschiedete sich Gary.

Sharon schaute ihm enttäuscht nach, als er in die helle Nachmittagssonne hinaustrat. Sie wusste, es war nicht Garys Schuld, dass er bei Luna nichts gefunden hatte. Aber manchmal schien es ihr, als ob diese Weißkittel nie eine gute Antwort parat hätten, wenn man eine bräuchte. So ein Arzt hatte ihr übrigens vorausgesagt, dass sie für immer an den Rollstuhl gefesselt sein würde. Seitdem glaubte Sharon den so genannten Fachleuten kein Wort mehr.

Sie klopfte liebevoll Lunas Hinterhand. „Weißt du, Luna", sagte sie, „der Umgang mit euch Pferden wäre wirklich um vieles leichter, wenn ihr sprechen lernen würdet." Luna schaute sie betrübt an. „He, mach dir nichts draus!", tröstete Sharon sie. „Du sprichst zwar kein Wort, aber ich kenne ein paar Begriffe aus der Pferdesprache. Und ich verspreche dir, ich finde heraus, was mit dir los ist."

„Und jetzt den Partner drehen. Los!“

Katie und Jim Jackson, ein kleiner, untersetzter Sechsklässler, hatten sich mit den Ellbogen untergehakt und drehten bei einer Square-Dance-Figur wie wild im Kreis.

Nach dem Tanz ging Katie zu ihren Freundinnen zurück, die auf einem Heuhaufen saßen und zuschauten. Noch ganz erhitzt vom Tanzen setzte sich Katie neben Sharon. Sie hatte ein bisschen ein schlechtes Gewissen, denn niemand schien sich so wie sie zu amüsieren.

„Wie konntet ihr bloß diesen Tanz auslassen?“, fragte Katie.

„Ich glaube, ich steh da nicht so drauf“, erwiderte Melissa.

Jenna hielt einen Papierteller mit ein paar Krümeln darauf hoch. „Ich wollte den Kürbiskuchen probieren. Auch nicht schlecht.“

„Meine Beine haben die Angewohnheit, sich immer rechts herum zu drehen, wenn sie nach links gehen sollen“, erklärte Sharon gutmütig lachend. „Außerdem gibt es gar nicht genügend Jungs. Aber der Neue da drüben macht schon einen interessanten Eindruck“, gestand Sharon und nickte in eine bestimmte Richtung.

Katie folgte ihrem Blick. Matt Collier stand am Rande der Lichtung an eine Eiche gelehnt. Er hielt ein Glas Apfelsaft in der Hand und schaute missmutig drein.

„Doch nach einem sehr begeisterten Tänzer sieht der mir nicht aus“, stellte Sharon besorgt fest.

„Offen gestanden, ich mache mir viel größere Sorgen um sein Pferd“, sagte Katie. „Ich bin Matt heute zufällig im Stall begegnet, und er war wirklich eklig zu ihr. Armes Ding!“ Sie seufzte. „Er hat mir verboten, in ihre Nähe zu kommen. Aber ich spüre, dass Romance jemanden braucht. Verstehst du? Sie hat mich so seltsam angeschaut. Verrückt, ich weiß.“

„Nein, gar nicht“, unterstützte Sharon sie.

„Hast du schon mal so eine ganz tiefe, innere Beziehung zu einem Tier gehabt?“, wollte Katie wissen.

„Ja, zu Cassidy", erwiderte Sharon nachdenklich.

„Ich spüre das bei Turbo", bestätigte Jenna. Dann grinste sie hinterhältig. „Bist du sicher, dass es nicht der Besitzer des Tieres ist, zu dem du diese innere Beziehung hast?"

Katie stöhnte genervt auf. „Bitte!"

Ein paar Minuten später erklang eine langsame, gefühvolle Melodie. Einige mutige Paare wagten sich auf die Tanzfläche, doch die meisten schauten nur verlegen drein.

„Sag mal, Melissa! Hast du schon was von Marcus gehört?", fragte Katie.

Melissa schüttelte verdrießlich den Kopf. „Nein."

„Sicher morgen", tröstete Katie sie.

„Melissa, hol dir doch jemanden zum Tanzen!", schlug Sharon vor, als sie aufstand, um sich die Beinschienen fester zu schnallen. „Dann schreibst du das Marcus und machst ihn schrecklich eifersüchtig."

„Gut, Sharon. Aber nicht in diesem Leben."

„Das geht ganz einfach", versicherte Sharon und warf die Haare zurück. „Es ist nichts dabei. Aber ich hab die Jungs schon vorher in den Wind geschossen."

„Natürlich, Sharon." Jenna verdrehte die Augen. „Du schwingst große Reden. Wie viele waren es denn?"

„Dutzende. Na ja, okay, vielleicht nicht so viele. Aber doch mehr als einer", räumte Sharon zögernd ein.

Da entdeckte Katie Adam. Er hatte sich hinter Sharon gegen einen Baum gelehnt und hörte ihr aufmerksam zu. Katie wusste von ihm, dass er Betreuer war, das College im zweiten Jahr besuchte und im Winter Reitstunden in Silver Creek nahm. Sie versuchte, Sharon ein Zeichen zu geben, dass sie beobachtet wurde, aber Jenna schaute sie mit einem verschwörerischen ‚Ich-weiß-Bescheid'-Lächeln an.

„Und wie würdest du zum Beispiel einen Jungen zum Tanzen auffordern, Sharon?", fragte Katie mit unschuldsvoller Miene.

„Ganz einfach: lächeln. Auf ihn zugehen. Nicht um die Sache herumreden. Mehr als Ja oder Nein kann er eh nicht sagen, oder? Also, warum die Sache nicht hinter sich bringen? Das ist doch nur fair.“ Sharon zuckte mit den Achseln. „Warum sollen nur Jungs einen Korb bekommen können? Wir sind schließliche moderne Mädels, meine Lieben. Fair ist fair. Also, ihr geht einfach los und fragt: ‚Entschuldige, möchtest du tanzen?‘“

Adam machte einen Schritt nach vorne, tippte Sharon auf die Schulter und sagte: „Gerne.“

Sharon fuhr blitzschnell herum und verlor fast das Gleichgewicht. „Oh. Nein. Ich habe ... Ich habe das nur so als Beispiel gesagt.“

„In Ordnung. Ich würde mich freuen – nur so als Beispiel – mit dir zu tanzen.“

„Nein, wirklich nicht. Ich dachte doch nicht ...“ Sharon schaute ihre Freundinnen Hilfe suchend an.

„Sie schwingt große Reden, dabei ist sie so ein richtiger Angsthase“, platzte Jenna heraus.

Von Melissa war ein glucksendes Geräusch zu hören.

Adam streckte seine Hand aus. „Also los. Überleg nicht so lang, sonst ist die Musik aus!“

„Vermutlich hast du meine Strategie durchschaut“, seufzte Sharon. „Guck doch! Ich meine, guck richtig hin! Siehst du die Beinschienen? Ich kann nicht tanzen.“

„Was für ein Zufall.“ Adam zog sie auf die freie Fläche hinaus, auf der sich einige Paare in sanftem Rhythmus wiegten. „Ich nämlich auch nicht.“

Sie begannen sich zur Musik zu bewegen, sehr langsam und steif. „Mein Gott“, stöhnte Jenna. „Ist das romantisch.“

Romance. Katie sprang mit einem Satz auf. „Ich muss dringend noch etwas im Stall erledigen.“

„Ich komme mit“, bot Jenna sich an.

„Nein, vielen Dank. Ich bin gleich wieder zurück. Ich glaube, ich habe beim Putzen des Sattelzeugs heute früh meine Jacke dort vergessen." Das war glatt gelogen. Sie hatte ihre Jacke vor zwei Tagen mit Absicht dort liegen lassen.

„Beeil dich!", drängte Jenna. „Sonst versäumst du noch die nächste Vorstellung der ‚Jugend ohne Rhythmus'."

Auf dem halben Weg blieb Katie stehen und blickte zurück. Matt lehnte am Baum und schaute dem Fest zu. Sharon und Adam bewegten sich mehr oder weniger im Takt der Musik.

Katie lächelte. Die konnten ruhig ihre Romanze haben. Sie hatte ihre eigene.

Katie öffnete die schwere Stalltür einen Spalt und huschte hinein. Es war dunkel, aber das Mondlicht schien durch die Fenster über den Türen. Wenn sie diese Szenerie bloß malen könnte! All der sonstige Tagestrubel war jetzt weg: Pferde schauten nicht erwartungsvoll über ihre Boxentüren, Pfleger gingen nicht ein und aus, und Reiter liefen nicht mit ihrem Putz- oder Sattelzeug die Gänge entlang. Katie ging auf Zehenspitzen den Mittelgang zur Box von Romance hinunter. Als die Pferde sie hörten, spitzten viele neugierig die Ohren. Wer war dieser späte, nächtliche Besucher, der bei ihnen herumschlich? Konnte das Futter bedeuten? Einen nächtlichen Ausritt? Ein liebevolles Streicheln übers Maul?

Katie stellte sich zu gerne vor, was in den Köpfen von Tieren vor sich ging, vor allem in Pferdeköpfen. Rose behauptete immer, Katie sei wohl mit Pferden verwandt, weil sie so einen guten Instinkt besaß. Wenn ihr Notendurchschnitt reichte, hoffte Katie eines Tages Tierärztin in einem Zoo zu werden, um dort an der Aufzucht bedrohter Tierarten mithelfen zu können. Manchmal fragte sie sich allerdings, wie sie das mit der Schule schaffen sollte. Sie war nicht wie ihr älterer Bruder John und ihre Schwestern Natalie und Elise: John, Student im zweiten Studienjahr an der Harvard Universität, Nat, eine Einserschülerin in der letzten Klasse an der Oberschule und

Elise, die mit fünfzehn die achte Klasse übersprungen hatte, weil sie sich „langweilte". Manchmal glaubte Katie insgeheim, sie sei adoptiert worden. Sogar Beauty, der Hund der Familie, hatte sich in der Hundeschule an die Spitze seiner Klasse hoch gearbeitet.

Fast ganz am Ende der langen Reihe von Boxen wartete Romance auf sie. Die Stute drehte ihren prächtigen Kopf erwartungsvoll in Katies Richtung und spitzte aufmerksam die Ohren. „Romance", flüsterte Katie, als sie die Boxentür öffnete. „Hallo, mein süßes Mädchen!"

Katie klopfte die Stute am Hals und Romance schien die Zuwendung sehr zu genießen. Sie nickte eifrig mit dem Kopf, ihre Augen glänzten im Mondschein vor purer Freude.

Kurz darauf begann sie, Katie näher zu untersuchen. Als Erstes nahm sie sich eine Locke von Katies Haaren vor. „Nein, du dummes Mädchen", wehrte Katie sie ab. Aber Romance gab nicht nach und knabberte an Katies Hemdkragen weiter.

Katie befreite sich mit einem Ruck und rollte zornig mit den Augen. Romance schaute sie vorwurfsvoll an.

„Ich weiß, du hast keinen Hunger", schimpfte Katie. „Abgesehen davon gehört Polyester nicht zu den Grundnahrungsmitteln für Pferde."

Romance war mit ihren 140 bis 150 Zentimetern nicht besonders groß, aber sie wirkte atemberaubend kraftvoll. Das sah man an der sehnigen Stärke ihrer Beine und ihrer festen, kompakten Hinterhand. Aber es waren insbesondere die Augen, die Katie so anzogen: ausdrucksvoll und weit auseinander stehend. Floss etwa Araberblut in den Adern von Romance? Katie war sich nicht ganz sicher, weil sie über diese Rasse viel zu wenig wusste.

Aber eines wusste sie ganz genau: Sie hatte sich Hals über Kopf in Romance verliebt. Warum bloß, fragte sie sich. Sie mochte doch alle Pferde auf Silver Creek und vor allem ihren kleinen Zoo zu Hause: Beauty und Beast, ihren Hund und ihre

Katze; ihre zahmen Ratten; Charlie, ihre blinde Eidechse und Charlotte, ihre Tarantel, die so gerne Hot Dogs fraß. Katie liebte fast alle Tiere, ausgenommen Küchenschaben und diese bösartigen Skorpione, die in der Wüste leben.

Sie meinte Schritte draußen gehört zu haben und fröstelte. Aber nach einigen Sekunden beruhigte sie sich damit, dass sich nur die Äste der Bäume in der Nähe des Stalles sachte im Wind bewegt hatten. Ihr war klar, dass sie eigentlich gehen sollte. Jenna würde sie sonst sicher bald suchen. Und wenn Matt sie hier fand ... na, dann Prost. Er hatte nicht so geklungen, als ob er jemandem erlauben würde, sich Romance auf weniger als dreißig Meter zu nähern. Katie wollte ihn auf keinen Fall unnötig aufregen.

Sie langte in ihre Jeanstasche, fand ein ziemlich klebriges Zuckerstückchen und hielt es Romance auf der Handfläche hin. Die Stute fraß es gierig auf.

„Erinnere mich bitte daran, dass ich dir ordentliche Tischmanieren beibringe!“, bat sie Romance, als die bettelnd Katies Hand anstupste.

„Tut mir Leid, das ist alles“, erklärte Katie. Sie kraulte Romance am Ohr, aber Romance war nicht bereit, sich so schnell abspeisen zu lassen. Sie stampfte auf den Boden, peitschte ungeduldig mit dem Schweif und stieß Katies Schulter mit dem Maul an.

Katie hielt ihre Hände hoch. „Siehst du? Nichts mehr. Ich hab's dir doch gesagt. Ich habe dir alles gegeben.“

Sie wusste, es gab zwei verschiedene Auffassungen darüber, ob man Pferden Leckerbissen geben soll oder nicht. Manche Leute behaupten, dass man die Tiere dadurch verziehen und ihnen das Schnappen angewöhnen würde. Andere sagten, vernünftig eingesetzte Nahrung beim richtigen Pferd könne sein Verhalten positiv verstärken.

Katie hatte nicht im Geringsten daran gezweifelt, dass Romance auf ein bis zwei Leckerbissen durchaus positiv reagieren würde. Aber jetzt war sie sich nicht mehr so sicher, denn die Stute versuchte sie in der Dunkelheit mit ihren kraftvollen Schultern in eine Ecke der Box zu drängen.

Für einen kurzen Moment erfasste Katie Panik. Ein Pferd war ein schweres, unglaublich kräftiges Tier, und Romance war ein Pferd, das sie im Grunde genommen überhaupt nicht kannte. Sie war völlig allein in dem dunklen Stall. Ein Tritt von einem der muskulösen Hinterbeine von Romance und Katies Knochen würden einknicken wie Strohhalme.

Nimm dich zusammen, ermahnte sie sich insgeheim. Sie stemmte sich gegen die Schulter von Romance. Doch die Stute drückte Katie daraufhin nur noch stärker in die Ecke, in der die automatische Tränke stand.

Katie konnte schon jetzt die Schlagzeile in den Silver-Creek-Nachrichten sehen: Zwölfjähriges Mädchen platt gedrückt. Verdächtige Stute verhaftet.

Romance stampfte auf den Boden auf und warf dabei wild den Kopf auf und ab. Katie konnte es in der Dunkelheit nicht genau sehen, aber ihr schien, als würde Romance sie schadenfroh anblicken.

Katie wusste, die Stute durfte auf keinen Fall die Oberhand gewinnen. Deshalb legte sie ihre Hände fest und mit Nachdruck auf die Hüften von Romance. „Nein, Romance!“, befahl sie ihr in äußerst drohendem Ton. Katie stand auf den Zehenspitzen und versuchte dadurch noch größer zu wirken. „Nein!“, wiederholte sie.

Romance zögerte ein paar Sekunden und ging dann zwei Schritte zurück.

„So ist es schon besser. Das war gerade nicht sehr freundlich von dir“, schimpfte Katie.

In den dunklen Augen von Romance spiegelte sich das Mondlicht wider. Sie legte den Kopf zur Seite und nickte leicht, um zu zeigen, dass es ihr Leid tat. Zumindest wollte es Katie so verstehen.

Katie verließ die Ecke und schlang ihre Arme um den Hals von Romance. Sie war eben ein großes Baby, das war alles. Allein an einem neuen Ort, mit einem ekelhaft unfreundlichen Besitzer. Kein Wunder, dass sich da selbst hin und wieder wie ein Ekel aufführte.

Katie rieb ihre Wange an der seidenweichen Mähne der Stute. „Ich komme wieder, ich verspreche es dir“, flüsterte sie. „Aber sag’s niemandem! Einverstanden? Das bleibt unser kleines Geheimnis.“

Sie schlich sich aus der Box und zog die Tür leise hinter sich zu. Der Wind trug ihr Gelächter entgegen. Dazwischen bekam Katie Fetzen einer Melodie mit, die sie vom Radio her kannte: „Ich bin immer für dich da“ hieß der Song.

Sie wollte für Romance da sein, trotz Matt – oder vielleicht gerade wegen ihm. Katie war ganz sicher: Romance brauchte sie. Sie konnte nicht erklären warum. Sie wusste es einfach.

Katie ging zu den Tanzenden zurück und summte leise vor sich hin. Sie würde Jenna erzählen, sie hätte die Jacke nicht gefunden. Aber sie würde kein Wort über ihren Besuch bei Romance verlieren. Es sollte ihr Geheimnis bis zum Ende des Camps bleiben und niemand würde es mit ihr teilen. Niemand außer Romance.

Kapitel 3

„Bevor wir den Pferden eine kleine Verschnaufpause gönnen, üben wir noch einmal den Kreis. Zuerst im Schritt, dann im leichten Trab.“ Margaret Stone stand am Rande des Trainingsringes und schirmte mit der rechten Hand ihre Augen gegen die Sonne ab. „Denkt daran, dass bei korrektem Einsatz der Hilfen die Biegung des Körpers eures Pferdes vom Nacken bis zum Schweif einem Bogen gleicht! Setzt das äußere Bein direkt hinter dem Sattelgurt ein, damit die Hinterhand eures Pferdes nicht nach außen schwenkt! Das innere Bein treibt und kontrolliert damit die Stärke der Biegung!“

Sharon gab Escape Route einen Klaps. Leichter gesagt als getan, dachte sie. Aber das war nicht Capes Fehler. Er war ein hagerer Wallach, den Rose vor dem Einschläfern gerettet hatte, ein Brauner mit weißem Maul und sanftem Gemüt. Trotz seines Alters war er ein guter Junge, ideal für Sharon. Früher, vor ihrem Unfall, wäre sie auf so einem braven Pferd wie Escape Route glatt eingenickt. Jetzt aber, da ihre Muskeln noch immer schwach und schwer zu kontrollieren waren, war er genau richtig für sie.

„Beginnen wir im Schritttempo! Immer nur einer, damit ich mir jeden genau ansehen kann. Denkt daran, nie das Pferd nur mit den Händen zum Wenden veranlassen! Das führt dazu, dass nur die Vorhand wendet und die Hinterhand schlägt einen eigenen Weg ein. Das Ergebnis ist eine schlampige Wende. Setzt also auch die Beine ein!“ Margaret betrachtete die Gruppe. Sie bemerkte einige neue Gesichter im Kurs. „Sharon“, rief sie, „warum machst du uns das nicht mal vor?“

Sharon trieb Escape im Schritt zu einem ziemlich engen Kreis an, der jedoch groß genug war, damit der Wallach ihn bequem gehen konnte. Sie musste über Margarets Anweisungen gar nicht mehr nachdenken, da sie schon so lange ritt, dass sie eine korrekte Wende im Schlaf beherrschte. Aber ihr linkes Bein war immer noch sehr schwach und ihr rechtes nicht viel stärker. Das machte den Einsatz von Schenkelhilfen zu einer echten Herausforderung für sie.

Deshalb musste sie versuchen, die Schwäche ihrer Beine irgendwie anders auszugleichen. Sie drehte dazu ihre Hüften in die Wenderichtung, so dass sie etwa parallel zu Escapes Hüften standen. Mit der Innenhand dirigierte sie ihn sanft in die Wende und drehte dabei leicht Schultern und Oberkörper.

Dann nahm sie ihre Kraft zusammen und befahl ihren Beinen zu gehorchen – zumindest für einen vollständigen Kreis.

„Gut gemacht, Sharon!“, lobte Margaret sie.

Sharon strahlte vor Freude, aber nur ganz kurz. Es hatte eine Zeit gegeben, da hätte sie diese Übung im Schlaf ausführen können. Damals natürlich. Aber jetzt war jetzt. Und es war nichts Schlimmes, stolz auf sich zu sein, auch wenn es nur so etwas Einfaches wie ein korrekt gerittener Kreis war.

Nach der Übung ritt sie zur Gruppe zurück und Margaret rief Katie auf. Als Sharon ihrer Freundin zusah, wie sie den gleichen Kreis ritt, stellte sie fest, dass Katie während der ersten Hälfte des Camps wirklich große Fortschritte gemacht hatte. Katie war zwar kein Naturtalent wie Melissa oder Jenna, aber sie war eine einfühlsame Reiterin, in der auf jeden Fall eine ganze Menge steckte.

„Weißt du, dass du dich seit Beginn des Camps enorm gesteigert hast, Katie?“, meinte Sharon anerkennend, als Katie auf Blooper zu Sharon und Escape hinüberritt.

„Wirklich?“, fragte Katie und strahlte vor Freude.

„Wenn du noch lernst, ein bisschen strenger zu deinem Pferd zu sein, wirst du verstehen, was ich meine“, erklärte

Sharon. „Du musst ihm manchmal einfach zeigen, wer der Boss ist!“

„Ich glaube, du bist auch besser geworden“, bemerkte Katie. „Ich bin natürlich keine Expertin, aber ... “

„Tja,“ unterbrach Sharon sie. „Ich muss zugeben, dass ich Ende des Sommers wieder in meiner alten Form sein wollte, aber das war wohl reines Wunschdenken. Erinnerst du dich, wie sauer ich war, als ich dieser Gruppe zugeteilt wurde? Jetzt bin ich schon froh, wenn ich absitzen kann, ohne auf dem ... na ja, Allerwertesten zu landen.“

„Übertreib mal nicht!“, entgegnete Katie. Sie streckte die Hand aus, um Bloopers Hals zu streicheln. „Du hast erstaunliche Fortschritte gemacht. Ganz zu schweigen von dem Erfolg mit Luna.“

Sharon runzelte die Stirn. „Eigentlich sind wir in letzter Zeit nicht viel weitergekommen. Ich hab Gary gestern gebeten, sie noch einmal zu untersuchen. Seiner Meinung nach scheint bei ihr alles zu stimmen. Aber ich habe immer noch das Gefühl, dass mit der Stute irgendetwas nicht stimmt. Ach, da fällt mir gerade ein, dass ich noch zur Westkoppel rüber wollte, um nach Luna zu sehen. Kommst du mit?“

„Gern“, antwortete Katie. „Aber zuerst müssen wir Margaret fragen.“

Gleich nach der Unterrichtsstunde ritten die beiden Mädchen den Pfad hinunter, der zur großen Koppel führte. Dort weideten viele der Pferde von Silver Creek. Katie und Sharon ritten ganz gemächlich und genossen die Sonne, die ihnen auf den Rücken schien, während sich die Pferde nach der Arbeit im Unterricht wieder abkühlten.

Sharon war überrascht wie viel Gefallen sie an geruhsamen Ausritten im Schritttempo oder lockerem Trab gefunden hatte. Mit Cassidy wollte sie immer gleich bis an die Grenzen gehen: den nächsten wilden Galopp, den nächsten schweren Parcours, das nächste große Turnier.

Jetzt spielten Turniere keine große Rolle mehr. Vielleicht, aber nur vielleicht, würde sie überhaupt jemals wieder an einem teilnehmen.

„Ich werde beim Abschlussturnier des Camps nicht mitmachen.“ Sharon war selbst ganz überrascht, dass ihr das so einfach über die Lippen kam. „Ich bin noch nicht so weit. Ich könnte doch sowieso nur bei so kindischen Grundübungen wie Schritt, Trab usw. mitmachen.“

Katie brachte Blooper zum Stehen. „Wie ich“, gestand sie mit einem zaghaften Lächeln.

„Bei dir ist das etwas anderes, Katie. Du bist eine Anfängerin. Ich ... ich bin eine alte Anfängerin. Eine alte Reiterin, die wieder neu anfängt. Eine neue, alte Reiterin.“

„Ich verstehe“, meinte Katie als sie im Schritttempo weiterritten. „Aber du hast das New-England-Classic-Turnier gewonnen, Sharon. Du musst wirklich niemandem etwas beweisen.“

„Das ist es nicht. Es ist, als ob ich das Reiten ganz neu lernen würde. Und nicht, um in Wettkämpfen anzutreten. Ehrlich gesagt: Das war es doch nur, wofür ich früher Reiten gelernt habe. Jetzt aber lerne ich Reiten um des Reitens Willen.“

„Vielleicht mach ich auch nicht mit“, kündigte Katie nachdenklich an. „Rose hat gesagt, niemand muss. Und ich hasse Wettkämpfe. Ich erstarre regelrecht dabei. Da bin ich das genaue Gegenteil von dir, nehme ich mal an.“

„Ja, stimmt“, gab Sharon wehmütig zu. „Ich liebe diesen Adrenalinstoß, den ich bei einem Wettkampf habe. Dann versuche ich einfach die Beste zu sein.“

„Du würdest ausgezeichnet zu meiner Familie passen“, meinte Katie. „Da sind alle unheimlich scharf auf Wettkämpfe. Wie hab ich das Monopoly-Spiel sonntags mit ihnen gehasst! Es war jedesmal wie der dritte Weltkrieg.“

„Ja, aber das Abschlussturnier ist doch kein richtiger Wettkampf“, bemerkte Sharon. Sie blickte über die weite, grüne Wiese. Luna war nirgends zu sehen, aber drei andere Pferde des Camps tollten wie Kinder in der Schulpause herum. „Du kannst deine Fortschritte überprüfen und dich und dein Pferd mit anderen Reitern der gleichen Leistungsgruppe vergleichen. Es ist eine gute Gelegenheit etwas dazuzulernen, Katie. Das Turnier soll doch nur Spaß machen. Es ist alles nur halb so wild, ganz ohne Leistungsdruck."

„Du hast leicht reden ...", Katie unterbrach sich, als sie Foxy, eine Scheckstute, und Jenkins, eine graue Stute, beim Fangenspielen entdeckte.

„Die beiden stecken auch immer zusammen", bemerkte sie. „Ist doch lustig, wie Pferde sich anfreunden?" Katie wandte sich an Sharon. „Was hast du da gerade über Leistungsdruck gesagt?"

„Ach, übrigens. Kennst du Adam? Den Typen, mit dem ich gestern Abend getanzt habe?"

„Ich nehme an, du meinst den, mit dem du gestern Abend dreimal getanzt hast."

„Ganz schön tapfer, nicht wahr? Aber egal, er kennt jedenfalls Matt Collier. Das ist der Typ mit der tollen Frisur und der schönen Fuchsstute, dem du gestern im Stall begegnet bist."

„Romance."

„Ja, der ist nett, aber ..."

„Nein. Romance, so heißt seine Stute."

Sharon musste lachen. „Also, Adam und Matt waren letzten Sommer in einem anderen Camp in den Berkshire-Bergen. Dort hat es ihnen aber nicht gefallen, weil der Laden ziemlich versnobt war. Deshalb haben sie sich dieses Jahr für Silver Creek entschieden. Adam hat erzählt, der ältere Bruder von Matt soll ein ganz toller Reiter sein. Du weißt schon, so einer mit Hunderten von Schleifchen und Pokalen. Könnte eines Tages sogar landesweit groß rauskommen. Und Matt steht offenbar unter großem Erfolgsdruck, in die Fußstapfen seines Bruders zu treten."

„Vielleicht ist das der Grund, warum er sich manchmal wie ein Blödmann aufführt“, vermutete Katie.

„Adam sagt, dass Matt eigentlich gar nicht so übel ist, wie er sich manchmal gibt.“ Sharon grinste. „Natürlich hat er mir gesagt, dass ich eine großartige Tänzerin bin. Kann aber auch sein, dass er ein notorischer Lügner ist.“

„So? Matt benimmt sich also im Grunde gar nicht so schlecht? Ich wünschte, ich könnte das auch von seiner Stute sagen.“

„Was?“

Katie blickte zur Seite. „Ach, nichts. Ich glaube, sie hat ein paar Unarten. Sie kaut zum Beispiel gern auf Sachen herum.“

„Das ist gar nicht gut. Kauen führt zum Koppen und das ist dann schon eine richtige Verhaltensstörung. Obwohl, unter Pferdefreunden ist das immer ein guter Aufhänger, um ins Gespräch zu kommen.“ Sharon fuhr mit den Fingern durch Capes Mähne.

„Pferde beißen sich doch manchmal auch, wenn sie spielen, oder?“, fragte Katie und betrachtete Foxy und Jenkins bei ihren Luftsprüngen.

„Ja schon. Besonders, wenn sie noch jung sind schnappen sie gern. Ich hatte mal einen flaumweichen Angorapulli mit so Noppen dran. In die hat Cassidys mit Vorliebe reingebissen. Das habe ich ihr aber ganz schnell ausgetrieben.“

„Wie denn?“

„Du gibst dem Pferd sofort leicht eins auf die Nase und verbietest es ihm mit einem scharfen ‚Lass das!‘. Darauf hört es eher als auf ‚Nein!‘“

„Klingt wahrscheinlich zu sehr wie ‚Fein‘, oder?“

„Richtig. Wieder wie ein Pferd gedacht. Auf jeden Fall ist es eine schlimme Unart. Pferde haben sehr kräftige Kiefer. Ich meine, wir reden hier von ...“ Plötzlich brach sie ab. Weit draußen, am äußersten Ende der Wiese tauchte ein Apfelschimmel auf.

„Luna, da bist du ja."

Die Mädchen sahen, wie das junge Pferd am gegenüberliegenden Ende des Zaunes unruhig hin- und herlief, genau dort, wo erst vor kurzem ein großer Teil des hohen Gebüsches abgeschlagen worden war.

„Was ist denn das da drüben?", wunderte sich Sharon. „Mir ist noch nie aufgefallen, dass etwas hinter diesem Zaun liegt."

„Es war ja auch schon fast alles zugewachsen. Dahinter liegt eine Farm", erklärte Katie. „Rose hat erzählt, dass der Besitzer sehr nett ist. Er hat ein paar Pferde, einige Schweine ... eben alles, was eine Farm so braucht."

„Luna!", schrie Sharon zuerst und pfiff dann auf den Fingern nach ihr.

Luna warf den Kopf hoch. Sie schaute in Sharons Richtung, schlug mit dem Schweif, bewegte sich aber nicht.

„Sie hat immer noch nicht begriffen, was ‚Komm' bedeutet", erklärte Sharon.

Luna begann wieder aufgeregt am Zaun entlang zu rennen.

„Was hat sie bloß?", fragte sich Sharon.

„Vielleicht sieht sie da drüben etwas", vermutete Katie. „Möglicherweise eines der Nachbarpferde."

„Ich seh keine Pferde", widersprach Sharon. „Du vielleicht?"

„Nein, ist aber auch ganz schön weit weg."

„Luna!" Sharon versuchte es erneut mit einem besonders langen, schrillem Pfiff.

Diesmal reagierte die Stute zu ihrer Überraschung und stürmte in wildem Galopp auf die beiden zu. Vor dem Zaun wurde Luna langsamer und tänzelte dann aufgeregt auf der Stelle.

„Hallo, du Verrückte", begrüßte Sharon sie. „Na, endlich bist du zu uns gekommen." Sie stieg vom Pferd, kletterte auf den Zaun und streckte die Hand aus, um Lunas heißen, glatten Hals zu streicheln. Das junge Pferd warf den Kopf zurück, blickte Sharon ängstlich an und guckte dann wieder zu der Stelle am Zaun hinüber, von wo es gekommen war. Luna schnupperte erwartungsvoll, scharrte zweimal am Boden und galoppierte dann wieder davon.

„Wirklich komisch“, wunderte sich Katie kopfschüttelnd über das Verhalten des Pferdes.

„Zumindest steht sie nicht in ihrer Box und bläst Trübsal“, bemerkte Sharon grimmig. „Das ist doch schon mal was. Aber ich sage dir, irgendwas stimmt nicht mit ihr. Und ich werde herausfinden, was.“

Schön federnd und gleichmäßig galoppieren, gerade auf das Ziel zusteuern, den richtigen Absprungspunkt finden, nach vorne lehnen, Position einnehmen, vorausdenken ...

Matt bereitete sich auf den Sprung vor. Verdammt. Irgendetwas stimmte nicht ... schon wieder mal. Er konnte fühlen, wie sich Romance unter ihm verspannte und den Schwung verlor. Sie sprang zu früh ab, richtete sich auf, als sie auf die Hürde zuflog und ließ die Beine hängen.

„Nein.“ Matt verlor bei der Landung beinahe das Gleichgewicht und fiel nach vorn auf ihre Schulter.

„Tolle Haltung!“, kommentierte Adam, der auf dem Zaun saß. „Hat mir gut gefallen, wie du am Schluss in die Mähne gebissen hast.“

Jetzt reichte es Matt für diesen Tag. Er brachte Romance mit einem Ruck zum Stehen, stieg ab und trat heftig gegen den Pfosten, der ihn gerade so in Schwierigkeiten gebracht hatte. Leider war der härter als seine Zehe. Mit schmerzverzerrtem Gesicht starrte Matt Romance zornig an. Die Stute starrte mit verengten Pupillen zurück.

„Du sture, eselsgesichtige, schweinsköpfige ... “

„Kuhhirnige“, schlug Adam vor.

„Was, bitte?“

„Kuhhirnig, um beim Thema Bauernhof zu bleiben.“

Matt warf Adam einen wütenden Blick zu. „Das finde ich überhaupt nicht witzig."

„Gib ihr eine Chance, Matt!" schlug ihm Adam freundschaftlich vor.

„Aber das ist heute schon das vierte Mal. Wir kommen einfach nicht miteinander klar. Sie hört nicht auf mich."

„Beruhige dich erst mal, sonst knallt dir noch die Sicherung durch! Es ist doch nur ein Hindernis, Mann!"

Matt strich sich die Haare aus dem Gesicht und stemmte die Hände in die Hüften. Romance schlug unbekümmert mit dem Schweif. Sie genoss es, ihn auf diese Weise zu ärgern. Und er wusste das. Man konnte es ihr an den Augen ablesen.

„Wenn du kein Vertrauen zu ihr hast, dann wird sie auch keines zu dir haben", schaltete sich Claire ein, die an der Hürde stand. Matt schaute zu ihr hinüber. „Du musst deine Hände lockerer halten und dich entspannen, Matt. Sie wird nicht mit leichtem und gleichmäßigen Schritt an eine Hürde herangehen, wenn sie dabei das Gefühl hat ‚Junge, Junge, das wird jetzt aber weh tun.' Hat sie erst einmal genug schmerzvolle Landungen hinter sich, dann wird sie versuchen Sprünge um jeden Preis zu vermeiden."

Matt seufzte. Vielleicht hatte Claire Recht. Aber sie kannte Romance nicht so gut wie er.

„Es liegt nicht nur an meinem Reitstil", entgegnete er viel zorniger, als er eigentlich wollte. „Es ist ihre Einstellung. Romance will einfach nicht mitmachen, Claire. Es ist, als würde man versuchen, mit einer Zweijährigen vernünftig zu reden."

„Im Grunde sind alle Pferde kleine Kinder", stimmte Claire zu. „Versuch noch eine Runde mit ihr."

Matt stieg wieder in den Sattel. „Entspann dich!", forderte Claire ihn auf. „Konzentrier dich, halte mit den Beinen Kontakt und lass ihr so viel Zügel, wie sie braucht! Vor allem aber entspann dich!"

Matt lenkte Romance um den Platz. Entspannen. Ja, richtig. Genauso gut hätte sie ihm sagen können, er soll beim Sprung einen Kopfstand machen. Wenn man sich's recht überlegt, dann wäre das sogar leichter. Plötzlich schoss ihm ein Bild durch den Kopf: Wie Alec, sein älterer Bruder, vor kurzem bei einem Turnier auf seinem Pferd Sunrise mühelos einen Oxer überwand. Das Erstaunliche war, dass Alec während des ganzen Rittes lächelte. Konzentration, Kontrolle und ein makelloser Sprung. Und ein Lächeln. Diese Nerven!

„Ängstlich?", fragte Adam, als Matt eine weitere Runde drehte. Der war aber viel zu sehr damit beschäftigt, an Alecs Lächeln zu denken als selbst zu lächeln.

„So, nun entspann dich!", forderte Claire ihn auf, als er erneut den Ring umrundete. „Lass dich von ihr bewegen!"

Matt versuchte die ganze Litanei noch einmal von vorne: Schön federnd und gleichmäßig galoppieren, ENTSPANNEN, gerade auf das Ziel zusteuern, ENTSPANNEN, den richtigen Absprungspunkt finden, nach vorne lehnen, Position einnehmen, ENTSPANNEN, WÜRDEST DU DICH BITTE ENTSPANNEN, DU BLÖDMANN?, vorausdenken ...

Dieses Mal ließ er Romance so viel Zügel, wie sie brauchte. Sie sprangen ab und schafften es. Ihr linker Hinterhuf berührte zwar die oberste Stange, aber dennoch war die Landung etwas weniger peinlich. Trotzdem, bei weitem nicht so gut wie die von Alec, auch wenn man noch so viele Augen zudrückte. Aber immerhin war es schon eine minimale Steigerung.

„Besser, schon viel besser", rief Claire anerkennend, aber Matt wusste genau, dass sie ihn nur aufmuntern wollte. Er verlangsamte zu einem Trab und ritt zu Claire und Adam. „Danke Claire, dass du dir nach der Stunde noch Zeit für mich genommen hast", sagte Matt.

„Ist schon in Ordnung." Claire winkte den beiden zu. „Ich muss jetzt los. Mach dir keine Sorgen, Matt! Sie ist ein gutes

Pferd und du bist ein guter Reiter. Wenn ihr euch erst einmal zusammengerauft habt, werdet ihr ein großartiges Paar."

„Ja, wie Dick und Doof", murmelte Matt.

Adam lachte und Matt musste unwillkürlich mitlächeln. „Wir müssen noch etwas auslaufen. Wartest du?", fragte Matt.

„Klar doch. Wer weiß, vielleicht ziehst du zu meiner Unterhaltung noch irgendeine doofe Show ab?"

Mürrisch ritt Matt noch eine Runde. Romance war ein schönes Pferd, das stimmte schon. Und seit er sie besaß, hatten sie auch schon einige Fortschritte gemacht. Aber sie war störrisch wie ein Maultier. Hätte er das gewusst, dann hätte er sich ein Pferd wie das von Alec ausgesucht: Leicht zu lenken, geduldig und zuverlässig. Ähnlich wie Alec, dachte er mit einem Lächeln. Das war schon ein glückliches Paar. Zu dumm, dass er mit Romance auskommen musste, der Königin der schlechten Manieren.

Als er mit Adam Romance in den Stall zurückbrachte, trafen sie das Mädchen, das Matt gestern dort gesehen hatte. Sie wurde von einer großen Rothaarigen begleitet, die Schienen an den Beinen trug.

„Hallo, Matt."

Matt zog die Stirn kraus. Seine Gedanken weilten immer noch bei Alec. „Hallo, Katie?"

„Das hier ist Sharon, eine Zeltkameradin."

Matt lächelte zerstreut. Er wusste nie so recht, was er zu Mädchen sagen sollte, obwohl ihm schien, dass die immer eine Menge zu erzählen hatten.

Sharon grinste Adam an. „Wie geht's deinen blauen Flecken?"

„Blaue Flecken?"

„Ja. Die du dir gestern geholt hast, als ich dir beim Tanzen auf die Füße getreten bin."

„Ach, ich dachte, das wäre ein neuer Tanzschritt", antwortete Adam.

Romance stieß mit der Nase an Katies Schulter, worauf Matt den Kopf der Stute sofort mit einem heftigen Ruck zurückriss und ihn festhielt. In der Nähe von Leuten konnte man ihr nie trauen. Im vorigen Jahr hatte sie einen anderen Reiter gebissen und damit eine Menge Probleme verursacht. Sogar von einer Klage war die Rede. Sein Vater hatte auch gedroht, Romance zu verkaufen, wenn sie ihr Verhalten nicht ändern würde. Zum Glück hatte Matt ihm das mit Alecs Hilfe ausreden können.

Katie streckte die Hand aus, um die Nase von Romance zu streicheln. „Nicht", rief Matt hastig. „Rühr sie nicht an!"

„Aber ich wollte doch nur ..."

„Mensch, Matt. Nimm dich zusammen!", fuhr ihn Adam an.

Erst als er in die überraschten Gesichter rings um sich blickte, wurde Matt bewusst, wie barsch er geklungen hatte. Aber im Entschuldigen war er immer schon miserabel gewesen und außerdem, worum ging es hier eigentlich? Die Leute konnten genauso gut einen großen Bogen um Romance machen. Er hatte so schon genug Schwierigkeiten, mit ihr fertig zu werden. Da konnte er nicht auch noch riskieren, dass sie jemandem einen Finger abbiss. Er zog ruckartig am Zügel und steuerte mit Romance auf die Box zu.

Als er Schritte hinter sich vernahm, beschleunigte er seinen Gang, aber Adam holte ihn ein. „Hör mal, Matt!", begann er. „Katie wollte dein Pferd doch nur streicheln. Ich versteh ja, dass du dir wegen Romance Sorgen machst. Aber du darfst das alles nicht so schwer nehmen."

Matt verspürte plötzlich ein brennendes Gefühl, eine heiße Wut stieg in ihm hoch und noch schlimmer: am liebsten hätte er geheult. Aber er lächelte Adam nur gequält an.

„Warum streichelt Katie nicht ein anderes Pferd", sagte er. „Dem hier kann man doch nicht trauen."

Kapitel 4

Melissa saß auf ihrem Bett und starrte in düsterer Vorahnung den Briefumschlag in ihrer Hand an. „Hallo, Melissa. Ich dachte, du wärst schon beim Mittagessen“, begrüßte Katie sie und betrat das Zelt. „Ich wollte mir nur ein frisches T-Shirt anziehen. Sharon hält uns einen Platz frei ... “ Sie unterbrach sich, denn ihr Blick war auf den Umschlag, den Melissa an sich drückte, gefallen. „Hast du einen Brief von Marcus bekommen?“

Wortlos reichte ihr Melissa den Umschlag.

Katie las den hingekritzelten Absender. „Marcus hat dir also geschrieben. Das ist doch schön, oder?“

Melissas Unterlippe begann zu zittern.

„Also nicht so schön?“

„Es ist ein Abschiedsbrief“, antwortete Melissa und versuchte ihre Stimme zu beherrschen. „Zumindest glaube ich das. Ich hab nur die ersten zwei Zeilen gelesen und dann einen furchtbaren Schreck gekriegt.“

„Ein Abschiedsbrief?“, wiederholte Katie. „Bist du dir da ganz sicher?“

„Er fängt an mit ‚*Liebe Melissa, das ist wahrscheinlich der schwerste Brief, den ich je schreiben musste.*‘ Klingt das etwa vielversprechend für dich?“

„Zieh keine voreiligen Schlüsse!“, empfahl Katie.

„Lies weiter!“, befahl Melissa streng. „Ich schaff das schon. Nur keine falsche Rücksicht.“

Katie zögerte und befühlte den Umschlag. „Wir brauchen dazu aber eine passendere Umgebung“, schlug Katie vor.

„Hier im Zelt ist es etwas finster. Geh'n wir doch zum Bach runter!"

Melissa war mit Katie, Sharon und Jenna gelegentlich zum Silver Creek hinuntergegangen, um zu quatschen oder sich einfach zu entspannen. Als sie das letzte Mal hier gewesen waren, hatte sie den dreien von ihren alten Freunden in Maryland erzählt, die sie am Ende des Schuljahres wegen des Umzuges verlassen musste. Sie hatte ihnen auch Fotos gezeigt, die sie von ihrer Freundin Chelsea bekommen hatte. Und sie hatte von Marcus erzählt, und dass sie es kaum erwarten konnte ihn wieder zu sehen.

Melissa ließ sich auf dem von Kiefernnadeln bedeckten Boden nieder. Sie verschränkte ihre Hände ineinander und straffte die Schultern. „Also gut, hören wir uns die schlechte Nachricht an."

„Wir haben bis jetzt doch noch überhaupt keinen ausreichenden Beweis dafür, dass es sich um eine schlechte Nachricht handelt", wandte Katie ein und zog den Brief aus dem Umschlag.

„Normalerweise schickt mir Marcus seine Briefe auf Diskette", gab Melissa zu bedenken. „Ich nehme an, er dachte, es wäre netter, wenn er mir auf diese etwas persönlichere Weise den Laufpass gibt."

„Das weißt du ja noch gar nicht ...", fing Katie wieder an. Aber genau in diesem Augenblick weiteten sich ihre Augen schmerzvoll, so als wäre sie in einen Reißnagel getreten. Sie hatte eben kein Pokerface. Von ihren großen, braunen Bambi-Augen konnte man schon aus einem Kilometer Entfernung ihre Gefühle ablesen.

„Nun?", fragte Melissa.

„Nun." Katie machte eine Pause. „Rechtschreiben scheint nicht gerade seine Stärke zu sein. Wer schreibt schon einsam mit ‚h'?"

„Hat er Schluss mit mir gemacht?"

„Schluss machen ist so ein hartes Wort, Melissa. Ich glaube, er braucht noch etwas Zeit, um reifer zu werden, oder ‚raifer' wie er schreibt."

„Hat er auch erwähnt, mit wem er ‚raifer' werden will?", quetschte Melissa zwischen zusammengepressten Zähnen hervor.

„Kennst du eine Cara?"

„Cara? Cara mit dem Intelligenzquotienten einer Erbse?" Melissa atmete tief durch, um sich zu beruhigen. „Ich glaub's einfach nicht. Das ganze letzte Jahr waren Marcus und ich die besten Freunde, Katie. Wir haben alles gemeinsam gemacht. Wir sind beide gern zur Schule gegangen und interessieren uns beide sehr für Computer und Fotografieren." Sie stöhnte. „Ausgerechnet Cara Caldwell, die einen Laptop noch nicht mal von einem Walkman unterscheiden kann."

„Ist Marcus auch geritten?", fragte Katie mit sanfter Stimme.

„Nein, das war wirklich das Einzige, das wir nicht gemeinsam hatten. Er hat Pferde eigentlich nie so recht gemocht. Trotzdem ... " Melissa ergriff eine Handvoll Kiefernnadeln und ließ sie durch die Finger rieseln. Das silberne Namenskettchen an ihrem Handgelenk klirrte leise. Marcus hatte es ihr geschenkt, als sie wegzog. „Und trotzdem, er konnte so nett sein, Katie. Weißt du, als sich meine Eltern scheiden ließen, war er immer für mich da, wenn ich traurig war."

Katie nickte. „Jenna war auch immer für mich da, als sich meine Eltern trennten. Das hat mir sehr geholfen. Sie hat mir jede Menge Eiscreme spendiert."

„Marcus hat mir immer meine Lieblings-Popcorn-Riegel geschenkt", meinte sie traurig. „Keine Angst, ich werde schon damit fertig", fügte sie dann trotzig hinzu, mehr zu sich selbst als zu Katie. „Meine Mama hat mir immer erklärt: ‚Wenn du dir etwas in den Kopf setzt, dann schaffst du es auch!' – Und daran werde ich mich halten. Du wirst es schon sehen!"

Katie beugte sich vor. „Melissa? Geht's dir wirklich gut? Dir scheint das alles gar nicht so viel auszumachen."

„Mama hat wegen der Scheidung nie geweint. Warum sollte ich dann wegen so einem Blödmann heulen, den ich wahrscheinlich sowieso nie wieder gesehen hätte?"

„Meine Mama hat ständig geweint", erzählte Katie. „Das ganze Jahr hatte sie rote, verschwollene Augen." Sie unterbrach sich. „Ich wette deine Mama hat manchmal auch geheult. Natürlich nicht gerade, wenn du da warst. Aber man fühlt sich gleich viel besser, wenn man sich mal so richtig ausgeweint hat."

Melissa dachte nach. Sie erinnerte sich, wie sie einmal vom Reitunterricht nach Hause gekommen war. Beim Reiten hatte sie die Trennung ihrer Eltern vergessen und war deshalb gut gelaunt. Ihre Mutter hatte auf dem Sofa gesessen, lauter Papiertaschentücher um sich herum verstreut. Sie hatte behauptet, sich im Fernsehen gerade einen Herz zerreißenden Film anzusehen, einen, der echt auf die Tränendrüsen drücke. Aber als Melissa einen Blick auf den Bildschirm warf, lief dort nur das Programm eines Dauerwerbesenders.

Ganz plötzlich begann Melissa zu weinen, hörte aber einen Augenblick später schon wieder auf.

„War das schon alles?", neckte Katie sie. „Das war ja nicht gerade ein Wolkenbruch, Melissa."

„Ich fühl mich schon viel besser", log Melissa. Sie erhob sich und klopfte die Kiefernnadeln und das Laub von ihrer Reithose.

„Danke für's Vorlesen, Katie."

Melissa nahm Katie den Brief aus der Hand, knüllte ihn zusammen und stopfte ihn in ihre Jackentasche.

„Soll ich dir noch was sagen?", fragte Katie vorsichtig. „Da war noch ein sehr nettes PS am Schluss, und zwar ..."

„Vergiss es!", unterbrach Melissa sie. „Das ist doch jetzt eh alles egal."

Beide gingen langsam zum Camp zurück. Vor einer Mülltonne blieb Melissa schließlich stehen. Sie öffnete den Verschluss ihres Namenskettchen und las die Gravur auf der Rückseite.

„M & M für imer" stand da.

„Rechtschreibung war nie seine Stärke", stellte sie fest und schleuderte das Kettchen in die Tonne. Sie wandte sich um und sah Katie ins Gesicht. „Ich glaube, das hat noch besser getan als heulen", erklärte sie mit einem resignierten Seufzer.

„Wo ist denn Melissa?", fragte Jenna, als Katie ihr Tablett abstellte und sich neben sie an den langen Holztisch setzte.

Katie schnappte sich ein paar Pommes von Jennas Teller. „Sie hat keinen Hunger. Schlechte Nachrichten, meine Lieben! Marcus hat mit ihr Schluss gemacht."

„Hat er sie angerufen?", wollte Sharon wissen und griff nach ihrer Limonade.

„Noch schlimmer. Er hat ihr geschrieben."

„Und? Wie nimmt sie es auf?", fragte Jenna. „Außer dass ihr der Appetit vergangen ist?"

„Das kann man bei Melissa schwer sagen. Ihr kennt sie ja. Sie behält alles für sich. Ihr Namenskettchen hat sie allerdings schon weggeworfen, wenn euch das etwas sagt."

Wie konnte Marcus Melissa nur nicht mehr mögen, dachte Jenna und lächelte dann. Sie erinnerte sich daran, dass sie Melissa ja anfangs auch nicht gemocht hatte. Melissa war ihr einfach zu pedantisch vorgekommen, und Jenna war auch ein bisschen eifersüchtig auf ihre großartigen Reitkünste gewesen. Zu Beginn des Sommers war Jenna sowieso total uneins mit sich und der Welt, weil sie Turbo nicht hatte bekommen können. Und die arme Melissa hatte geglaubt, Jenna würde sie nicht mögen, weil sie eine Schwarze war. Aber nachdem sie sich ausgesprochen hatten, waren sie schnell Freundinnen geworden.

„Ich wünschte, wir könnten etwas tun, um sie aufzuheitern“, meinte Katie.

„Ich auch“, schloss sich Jenna an und tunkte zwei Pommes auf einmal in ihren Ketchup. „Sie hat ja in den letzten Monaten schon einiges durchgemacht: mit der Scheidung ihrer Eltern, dem Umzug hierher und so weiter. Vielleicht könnten wir etwas tun, um ihr zu zeigen, dass sie jetzt einen neuen Anfang macht.“

„Mensch, ich weiß was!“ Jenna schnippte mit den Fingern. „Wir könnten das Spielzeugpferdchen köpfen, das ihr Marcus geschenkt hat.“

„Jenna!“, schrie Katie auf.

„Wir wollen doch nicht mit der Holzhammermethode zu Werke gehen, meine Liebe“, warf Sharon ein.

„Vielleicht lieber was Feinfühligeres, wie?“ Jenna zog die Stirn kraus. „Du bist doch die Ältere und Klügere, Sharon. Wie wirst du denn damit fertig, wenn jemand mir dir Schluss macht?“

„Jen, es dauert eine ganze Weile, bis man über so etwas hinwegkommt.“

Katie nickte. „In den Schmökern, die ich lese, braucht das auch immer seine Zeit.“

„Wie lange?“, fragte Jenna.

„Drei Tage, sieben Stunden und dreiundzwanzig Minuten“, warf Sharon dazwischen und verdrehte ihre Augen. „Wer weiß das schon? Lasst ihr also Zeit.“

„Ich habe eine bessere Idee“, verkündete Jenna ganz aufgeregt. „Einen Plan.“

„Nicht schon wieder!“, Katie hob abwehrend ihre Hände. „Keine Pläne mehr, Jenna.“

„Aber der ist brillant. Sogar an meinen hohen Ansprüchen gemessen.“

„Bitte keine Pläne!“, wiederholte Katie. „Bei deinen Einfällen gibt es immer einen Pferdefuß.“

„Aber nicht bei diesem. Garantiert nicht!“ Jenna verdrückte ihre letzten Pommes. „Und wisst ihr warum? Weil es bei diesem Plan einzig und allein auf meine außerordentlichen Fähigkeiten ankommt.“

„Welche Fähigkeiten sollen das denn bitte schön sein?“ fragte Katie gequält.

„Mein Fähigkeiten als Schriftstellerin.“

Katie ließ ihren Kopf auf die Tischplatte sinken. „Nie und nimmer“, presste sie mit matter Stimme hervor. „Keine Pläne.“

„Warte doch mal!“, entgegnete Sharon. „Lass mal hören! Ich habe das Gefühl, das könnte ein Riesenspaß werden.“

Jenna rieb sich die Hände. „Die Sache läuft so: Wir schreiben Melissa Briefe von einem anonymen Verehrer. Sie wird glauben, dass sich ein anderer Typ für sie interessiert und vergisst dann Marcus.“

Katie hob ihren Kopf, seufzte kurz und ließ ihn dann wieder auf die Tischplatte fallen.

„Gut“, meinte Sharon vorsichtig. „Das war erst die Idee. Und wann folgt der brillante Teil?“

Jenna stöhnte. Dass sich die Leute bei Verschwörungen immer so fantasielos anstellen mussten.

„Was ist, wenn sie ihren heimlichen Verehrer treffen möchte?“, gab Katie zu bedenken.

„Dazu ist er viel zu schüchtern“, entgegnete Jenna. „Schüchtern und sensibel, aber nicht so wie irgendein komischer Sonderling. Das ist doch ideal für Melissa. Sie schreibt doch so gerne Briefe.“ Sie lehnte sich zurück und tippte Claire, die nebenan am Lehrertisch saß, an die Schulter. „Kannst du mir bitte einen Bleistift leihen?“

Claire griff in ihre Tasche. „Hier, und vergiss nicht: Wiedersehen macht Freude“, mahnte sie.

„Danke.“ Jenna wandte sich an Katie. „Kann ich deine Serviette haben? Meine ist mit Ketchup voll gekleckert.“

„Hier“, reichte Katie sie ihr, „aber die ist genauso wenig an der Sache beteiligt wie ich. Ich weiß, wie deine Pläne ausgehen. Bis jetzt ist bei deinen Ideen noch immer was schief gegangen, und das Ganze endete dann mit wochenlangem Hausarrest.“

„Schüchtern und sensibel“, grübelte Jenna. „Aber auch etwas pedantisch wie Melissa.“

„Und keine Haare, die ihm aus der Nase wachsen oder hässliche Warzen“, fügte Sharon hinzu.

„Sharon“, protestierte Katie. „Entmutige sie nicht jetzt schon.“

„Ich habe doch nur versucht, mich mal in die Situation zu versetzen.“

Jenna schrieb höchst konzentriert einige Minuten lang auf die Serviette und las dann still ihr Werk. Sehr nett, dachte sie. Genau das richtige Maß an wehmütiger Sehnsucht.

„Lass mal hören!“, bat Sharon.

Jenna drückte die Serviette an ihre Brust. „Nein, solange du nicht geschworen hast, nichts zu verraten. Machst du also mit?“

„Nein, ich finde das zu blöde.“

„Dann darfst du es auch nicht lesen.“ Jenna tupfte ein Auge mit der Serviette ab und tat, als ob sie heulen würde. „Es ist ein romantisches Meisterwerk, wenn ich das mal so sagen darf.“

„Du musst es ja wissen“, seufzte Sharon. „Also gut, ich mach mit. Aber unter einer Bedingung: Du hältst gefälligst meinen Namen raus, wenn die Sache auffliegen sollte.“

„Ohne mich“, erklärte Katie, als Jenna Sharon die Serviette gab. „Ich finde, wir sollten Melissas Herzensangelegenheiten ganz allein ihr überlassen.“

Auf Sharons Gesicht zeigte sich ein breites Lächeln. „Ich weiß nicht, Katie, an deiner Stelle würde ich mir das noch einmal überlegen. Das ist doch eine ganz lustige Geschichte.“

„Was, lustig?“, begehrte Jenna ganz erbost auf. „Das ist eine höchst romantische Angelegenheit.“

„Für ein Pferd vielleicht.“ Sharon räusperte sich und begann zu lesen.

Katie hielt sich die Ohren zu und fing zu summen an.

„Katie kann auch laufen und gleichzeitig Kaugummi kauen“, bemerkte Jenna zu Sharon. „Wir sind alle sehr stolz auf sie.“

„Ich kann dich nicht hören“, entgegnete Katie mit noch immer zugehaltenen Ohren. „Ich will absolut nichts davon wissen.“

Sharon vergewisserte sich mit einem Blick über ihre Schulter, dass Melissa nicht in der Nähe war und las dann von der Serviette ab. „Teuerste, kleine Stulle ...“, begann sie.

„Das heißt Stute“, verbesserte Jenna, während Katie weitersummte. „Versuch du doch mal auf ’ner Serviette zu schreiben, die mit Gelee verschmiert ist!“

„Teuerste, kleine Stute“, begann Sharon erneut.

Katie ließ ihre Hände sinken. „Stute?“, fragte sie. „Warum willst du sie mit ‚Stute‘ anreden?“

„Ich dachte, du machst nicht mit“, fragte Jenna.

Katie stieß einen tiefen Seufzer aus. „Jemand muss dich doch in Zaum halten.“

„Teuerste, kleine Stute“, fuhr Sharon fort. „Wie sehr ich dich aus der Ferne bewundere, meine Liebe: Deine wehende Mähne aus tiefdunklen Locken, deinen federnden Gang ...“ Sie blickte Jenna mit verzogenem Mund an. „Deinen federnden Gang?“

„Das ist eine sogenannte Metapher, ein bildlicher Ausdruck“, verteidigte sich Jenna. „Oder ein Vergleich. Der springende Punkt ist doch der, dass unser schüchterner und sensibler, aber auch etwas pedantischer Verehrer Begriffe aus dem Bereich Pferde und Reiten verwendet, um Melissa exakt zu beschreiben.“

„Ja, soweit hab ich's begriffen." Sharon überflog den Rest des Briefes. „Was hast du denn letztes Jahr in Literatur für eine Note gehabt, Jenna?"

„Eine Eins", antwortete sie. „Allerdings eine Eins minus. Aber die Rainford benotet nicht sehr streng."

„Sie hat jedem eine Eins oder Eins minus gegeben", vertraute Katie Sharon an. „Sogar George Torkelson, der sich nur durch Grunzen verständlich machen kann."

„Das ist doch jetzt ganz egal. Aber was haltet ihr von meinem Brief?", drängte Jenna.

„Ganz in Ordnung, wenn er an eine Zuchtstute gerichtet ist", antwortete Sharon. „Er ist ... also, man sollte manches vielleicht etwas gefühlvoller ausdrücken."

„Einverstanden, du bist ja die Expertin. Warum schreibst du nicht den Brief?", forderte Jenna sie auf.

„Weil ich das für ausgemachten Schwachsinn halte. Übrigens, warum hast du mit ‚Ricardo' unterschrieben?"

„Der Name klingt so romantisch."

„Aber es gibt doch überhaupt keinen Ricardo im Camp", stellte Katie fest.

„Melissa würde das Spiel sofort durchschauen."

Jenna schlug sich an den Kopf. „Du hast Recht! Mann, ich brauch bei diesem Plan vielleicht doch etwas Hilfe." Sie lächelte die beiden verlegen an.

„Ohne mich."

„Wie Katie schon gesagt hat", stimmte Sharon zu.

Jenna nahm Sharon die Serviette weg und faltete sie zusammen. „Gut, dann muss ich ihr eben das hier schicken." Sie runzelte die Stirn. „Meint ihr, es macht ihr etwas aus, wenn ich ihr auf einer Serviette schreibe? Abgesehen von dem bisschen Gelee ist sie noch ganz sauber."

„Gut, okay." Sharon seufzte resigniert. „Ich helf dir. Ich kann es schließlich nicht zulassen, dass nur du dich zum Narren machst. Nur, versprich mir eines! Du wartest noch ein paar Tage, um zu sehen, was Melissa unternimmt. Vielleicht wird sie von sich aus aktiv und braucht deinen, wie soll ich sagen, literarischen Beistand gar nicht."

Katie nickte. „Sharon hat Recht. Warte noch 'ne Weile und dann helfen wir dir."

„Einverstanden", gab Jenna widerstrebend nach. In diesem Augenblick sah sie Melissa zur Tür hereinkommen. „Wenn ihr meint." Sie winkte Melissa zu, warf einen letzten Blick auf die Serviette und steckte sie dann in ihre Tasche.

Junge, Junge. Da hatte sie vielleicht einen Mist geschrieben. Und es hatte trotzdem super gewirkt, um Katie und Sharon zur Mitarbeit zu überreden. Dieses Mal war ihr Plan wirklich brillant und garantiert ohne Pferdefuß.

Kapitel 5

... Nur bei Lance überfiel sie ein noch nie zuvor erlebtes Gefühl. Was hatte sie denn schon noch für eine Wahl, wenn er sie mit seinen leuchtenden, tiefschwarzen Augen ansah und sagte ...

Katie legte schließlich ihr Buch beseite und griff nach nach ihrer Trainingsjacke.

„Wo willst du so spät denn noch hin?“, fragte Jenna gähnend.

Katie schlüpfte in die Jacke. „Nirgends.“

„Könnte es dasselbe ‚Nirgends‘ sein wie schon letzte Woche?“, wollte Sharon wissen.

„Ich geh nur mal zu den Waschräumen rüber.“

„Es ist schon so dunkel draußen. Soll ich mitgehen? “, bot sich Melissa an.

„Nein“, wehrte Katie ganz schnell ab.

„Wisst ihr was ich glaube?“ Sharon wälzte sich zur Seite. „Ich glaube, sie ist heimlich verliiieeebt!“, säuselte sie mit hoher Stimme.

Das bin ich, dachte Katie bei sich, aber in ein Pferd.

„Wenn ihr es genau wissen wollt ... “, begann sie und stockte dann.

„Wenn ihr's genau wissen wollt“, fuhr Katie fort. „Ich mach auf dem Weg zu den Waschräumen manchmal einen kleinen Umweg.“

„Einen kleinen Umweg über das Appaloosa-Zelt?“, stichelte Jenna.

„Wer wohnt denn im Appaloosa-Zelt?“, fragte Melissa.

„Na, ihr wisst schon ... groß, dunkel und miesepetrig“, erwiderte Jenna.

Katie zögerte und sagte dann: „Also, ich schau halt gelegentlich abends noch bei den Pferden vorbei. Und ich ... und außerdem habe ich an den letzten Abenden noch viel an der Zeichnung gearbeitet. Ich habe einen Zeichenblock in meinem Spind.“

Melissa zog die Stirn kraus. „Katie, ich weiß nicht, ob das so eine tolle Idee ist“, meinte sie. „Unsere Betreuer wollen nicht, dass sich noch jemand nach der letzten Stallkontrolle bei den Pferden herumtreibt.“

Katie überfiel ein schlechtes Gewissen. Melissa hatte natürlich Recht und ihre Freundinnen konnten nicht ahnen, dass sie in Wirklichkeit, trotz des Verbots von Matt, Nacht für Nacht bei Romance gewesen war.

„Du hast ja im Grunde Recht. Okay, ich pass auf“, versprach Katie. Als sie den dunklen Pfad entlangging, ließ der Wind die Gipfel der Bäume einen gespenstischen Tanz aufführen. Sie eilte auf den Hauptkomplex der Gebäudeanlage zu und fühlte ihr schlechtes Gewissen, aber auch eine gewisse Aufregung. Es war eigentlich nicht ihre Art Regeln zu missachten. Das hier war jedoch etwas anderes. Wenn es darum ging, einem Tier zu helfen, war Katie auch bereit Regeln zu verletzen. Und Romance brauchte eine Freundin, davon war sie überzeugt.

Vorne rechts zeichnete sich undeutlich der alte Stall ab. Ein Donnerschlag erschütterte den Himmel. Dann begann es sintflutartig zu regnen. Katie warf einen Blick auf das kleine, weiße Haus zurück, das den Stallarbeitern als Unterkunft diente. Alles war ruhig. Sie tastete sich an der rauhen, nassen Holzwand des Stalles entlang.

Da legte sich ihr plötzlich eine Hand schwer auf ihre Schulter. „Katie Anderson, du bist als Stalleinbrecherin ertappt!“

Katies wirbelte herum und stand vor Daniel, ihrer Zeltbetreuerin, einem ziemlich großen Mädchen mit kurzen, braunen Haaren.

„Oder sollte ich wohl besser Pferdediebin sagen?“, fragte Daniel. Obwohl ihr Name „Danielle“ ausgesprochen wurde, ließ sie gern das „le“ am Schluss weg. Sie behauptete, das würde Zeit sparen. Jenna hielt sie deswegen für eine Spinnerin.

„Was machst du denn hier draußen in so einer Nacht?“, wollte Daniel wissen. „Es wird gleich das Licht gelöscht.“

„Ich, ja ...“

Daniel musterte sie misstrauisch. „Ihr führt doch nicht schon wieder etwas im Schilde, du und die Tollwüter, oder? Ich dachte, ihr wärt endlich zur Vernunft gekommen ... “ Ein krachender Donner unterbrach sie mitten im Satz und die beiden zuckten heftig zusammen.

„Was machst du denn noch hier draußen, Daniel?“, fragte Katie zurück, als sie schließlich ihre Stimme wiedergefunden hatte.

„Ach, ich hätte beinah vergessen, meine Mutter anzurufen. Sie hat heute Geburtstag. Rose meinte, ich könnte vom Büro aus telefonieren. Und was machst du hier?“

„Ich ... ich muss nur mal schnell aufs Klo“, antwortete Katie.

„Aber das ist doch dort drüben am Haus.“

„Also, ... um die Wahrheit zu sagen, ich liebe ... Gewitter! Ja. Wenn es so richtig donnert und blitzt, dann fühl ich mich wie im siebten Himmel.“

„Wirklich? Du solltest jetzt aber trotzdem zu eurem Zelt zurückgehen und schlafen.“

„Noch eine Minute oder zwei, und ich versprech, dass ich dann zurückgeh.“

„Gut. Und grüß die Bande von mir!“ Daniel wandte sich zum Gehen, blieb dann aber stehen. „Wie geht's Melissa? Ich habe gehört, dass es mit ihrem Freund aus ist.“

„Soweit ganz gut, glaube ich. Du weißt ja, den Umständen entsprechend. Es ist ja auch erst ein paar Tage her."

„Sag ihr, dass ich für sie da bin, wenn sie mal eine Schulter zum Ausweinen braucht!"

„Mach ich", versprach Katie.

Sie wartete, bis Daniel im Dunkel der Bäume verschwunden war. Da hatte sie noch mal Glück gehabt. Wenn sie noch lange so weitermachte, würde sicher eines Tages jemand dahinter kommen, was sie hier tat. Sie versuchte sich auszumalen, in welchen Schwierigkeiten sie dann stecken würde. Hätte das ihren Rausschmiss zur Folge? Sie wusste, dass Rose manche Regeln sehr streng auslegte. Doch Katie musste Romance einfach sehen.

Sie schob die große Stalltür auf und huschte hinein. Der Regen prasselte auf das Stalldach, und einige Pferde stampften nervös mit den Hufen in ihren Boxen herum.

Katie eilte im Dunklen den Mittelgang entlang. Inzwischen hätte sie den Weg zu Romances Box mit verbundenen Augen gefunden. Die Stute erwartete sie bereits. Sie stieß ein leises Wiehern aus und warf den Kopf zurück, so dass die Mähne nur so flog.

„Ich kann leider nicht lange bleiben, Romance", flüsterte Katie, als sie in die warme Box schlüpfte. „Draußen tobt ein Gewitter, und ich wäre beinahe erwischt worden."

Romance beschnupperte Katie neugierig und strich ihr mit der Nase über die Wange. Dann versuchte sie an Katies Trainingsjacke herumzuknabbern. „Lass das!", befahl Katie sofort in scharfem Ton, wie es ihr Sharon empfohlen hatte. Sie versetzte Romance einen sanften Stups auf die Nase, und die Stute gab ihr Vorhaben mit einem missmutigen Blick auf.

„Ausgezeichnet", lobte Katie und rieb ihr die Ohren. „Ich glaube, du lernst tatsächlich noch Manieren."

Romance hatte in der kurzen Zeit seit Katies Besuchen wirklich Fortschritte gemacht. Sie war zwar immer noch nicht mustergültig brav, aber auch nicht mehr so schwierig im Umgang.

Katie fragte sich, ob Matt überhaupt eine Veränderung bemerkt hatte. Vielleicht zeigte Romance sich auch nur in Katies Gegenwart von ihrer besten Seite. Melissa hatte erzählt, dass Matt im Unterricht mit seinem Pferd Probleme zu haben schien. Aber es war allein sein Fehler, wenn Romance sich bei ihm nicht anständig benahm.

Draußen zerriss erneut ein heftiger Donnerschlag den Himmel. Romances große Augen glühten gelb im grellen Licht des Blitzes, als sie einen Schritt zurücktrat und vor Angst wieherte. Sie schlug gegen die Boxenwand und suchte nach einem Fluchtweg.

Nun geriet Katie selbst in Panik und streckte ihre Hand nach der Boxentür aus um abzuhauen. Aber sie bezwang ihre Angst und beruhigte sich wieder. Romance würde sich oder sie selbst noch ernsthaft verletzen, wenn Katie jetzt nicht vorsichtig war.

„Ganz ruhig“, besänftigte sie die Stute. „Niemand tut dir was, mein Mädchen. Es ist bloß ein Gewitter.“

Katie redete ununterbrochen mit sanfter Stimme auf Romance ein. Die anderen Pferde reagierten auf das panische Verhalten von Romance mit aufgeregtem Stampfen und ängstlichem Wiehern.

„Ganz ruhig, mein Mädchen! Ich bin doch bei dir. Wir sind doch Freunde, die zusammenhalten, oder?“

Im Licht eines Blitzes konnte Katie erkennen, dass sich die Angst von Romance etwas gelegt hatte. Auch wenn ihre Ohren immer noch in Alarmbereitschaft aufgestellt standen und ihr ganzer Körper angespannt war, hörte sie jetzt zumindest Katie zu.

Katie näherte sich ihr mit ausgestrecktem rechten Arm Zentimeter für Zentimeter. Ganz vorsichtig, mit unendlich langsamen Bewegungen versuchte sie die verängstigte Stute zu berühren. Es gab eine Stelle direkt an der Kinngrube, wo sich Romance so gern kraulen ließ. In kleinen Kreisen massierte Katie dann den verspannten Halsmuskel der Stute. Schon bald konnte sie fühlen, wie sich das Pferd unter ihrer Berührung beruhigte.

Plötzlich hörte Katie Schritte. Sie kauerte sich fest zusammen. Wer konnte das sein? Rose, die nach den Pferden sah? Claire oder einer der anderen Lehrer? Wenn jemand das Licht anmachte, war es nur noch eine Frage von Sekunden bis Katie entdeckt wurde ...

„Katie?“

„Jenna!“

„Wo bist du?“

„Hier unten.“ Katie richtete sich auf. „Bei Romance.“

Jenna erschien vor der Boxentür. Sie war bis auf die Haut durchnässt und ihr kurzes, braunes Haar umschloss ihren Kopf wie eine Badekappe.

„Was machst du denn hier?“, fragte Katie.

„Ich? Das sollte ich wohl besser dich fragen. Wir haben uns Sorgen um dich gemacht.“

„Also ... “ Katie rieb ihren Kopf gegen die Schulter von Romance und die Stute wieherte leise.

„Ach, vergiss die Frage! Ich seh schon. Du bist nicht in Matt verliebt, sondern in sein Pferd.“

„Du musst doch zugeben, dass sie wirklich süß ist.“

Jenna wrang den Saum ihres Nachthemdes aus und ging zu Turbos Box hinüber, um ihm einen Kuss zu geben. „Schon, aber ein Turbo ist sie eben nicht“, meinte sie lächelnd, „und ich weiß ja, wie das ist. Wenn man einmal an einem Pferd hängt, vergisst man alles andere.“

„Sie braucht mich, Jen. Sie ist immer so aufgeregt, und Matt ist so ein Blödmann.

„Dabei könnte er ein wirklich guter Reiter sein“, entgegnete Jenna. „Ich habe sie und ihn im Unterricht beobachtet. Ich weiß nicht, warum er immer so angespannt ist.“

„Genau wie sie. Du hättest sehen sollen, wie verrückt sie sich gerade bei dem Donner aufgeführt hat.

„Katie“, meinte Jenna besorgt, „du hättest verletzt werden können. Ich meine ernsthaft verletzt. Und wenn einer der Lehrer herausfindet, dass du hier herumschleichst ... na ja, sagen wir mal so, ich möchte nicht hinterher deine Leiche identifizieren müssen.“

„Ich weiß ja“, gab Katie ungern zu. „Aber ich bringe es einfach nicht übers Herz, sie im Stich zu lassen. Sie braucht mich.“

Jenna seufzte. „Ich weiß nicht, was ich dir raten soll.“

Katie kraulte Romance ein letztes Mal am Kinn. „Du hast doch sonst immer so brillanten Ideen. Du enttäuschst mich.“

„Tut mir Leid“, gestand Jenna kleinlaut. „Tut mir auch Leid für dich, Romance.“

Katie umarmte die Stute noch einmal. „Sei schön brav!“, ermahnte sie sie liebevoll. „Nicht herumknabbern! Hast du verstanden?“

Zusammen verließen Katie und Jenna eilig den Stall und rannten unter heftigen Donnerschlägen zurück zum Zelt. Weit hinter sich glaubte Katie noch immer das angsterfüllte Wiehern von Romance zu hören. Dieser Laut schien ihr fast das Herz zu zerreißen, beinahe so wie der Blitz die schwarzen Wolken über ihr.

„Komm schon, Luna! Ich hab ja nicht von dir verlangt, dass du den Mond überspringen sollst.“

Sharon stand in der Mitte des Reitplatzes und fuchtelte mit der Longierpeitsche herum. Aber Luna war nicht im Geringsten daran interessiert, irgendwelche Kommandos zu befolgen. Widerspenstig stand sie einige Schritte von Sharon entfernt und starrte ihre Trainerin vorwurfsvoll an. Luna trug einen Longier-Kappzaum, ein mit Ringen und einem verstärkten, gepolsterten Nasenriemen versehenes Trainingshalfter. Der

Kappzaum war mit der Longe verbunden, einem langen Führstrick aus Nylongewebe.

Sharon hielt die Longe fest mit der linken Hand umklammert. Sie war frustriert, hatte aber auch Mitleid mit dem jungen Pferd. Luna weigerte sich, auf Grundkommandos wie Schritt, Halt und Wenden zu reagieren, auch wenn sie die schon beherrschte. Unter diesen Umständen würde es bis zum Trab noch Wochen, zum Galopp noch Monate dauern und Jahre, ja vielleicht sogar Jahrzehnte, bevor es jemand wagen konnte, ihr einen Sattel aufzulegen.

Sharon wischte sich die Schweißtropfen von der Stirn, obwohl es für einen Augustnachmittag ziemlich kühl war. Das Gewitter der vergangenen Nacht wirkte noch nach, und am bedeckten Himmel türmten sich die Wolken. Hin und wieder war noch Donnergrollen zu hören. Sharon schwitzte und fühlte sich erschöpft. Die Arbeit mit Luna konnte ziemlich anstrengend sein, besonders wenn sie die Mitarbeit verweigerte. Sie befanden sich bereits seit einer Stunde hier draußen, und obwohl Sharon die Beine weh taten, hasste sie es aufzugeben.

„Wie wär es denn mit ‚Komm'?", schlug Katie vor. „Du hast uns doch erzählt, dass du mit diesem Kommando schon einigen Erfolg bei Luna gehabt hast." Sie saß zusammen mit Jenna und Melissa auf dem Zaun und alle drei versuchten Sharon Mut zu machen. Aber Sharon fühlte sich nicht gerade ermutigt.

„Luna, komm jetzt!", befahl Sharon scharf und zog gleichzeitig sanft an der Longe.

Normalerweise hätte sie jetzt Luna zu sich hergeholt, das Kommando wiederholt und dann ein sparsames Lob ausgesprochen, wenn die Stute direkt vor ihr gestanden hätte. Aber Luna ließ sich nicht wie ein riesiger, grauer Fisch so einfach an Land ziehen. Sie scheute und bockte, stemmte die Hufe in den Boden und zerrte an der Longe.

Aber Sharon war hartnäckiger. Das Pferd gab schließlich auf und trottete müde auf seine Bezwingerin zu.

„So ist es genau richtig, meine verrückte Kleine“, lobte Sharon und streichelte Luna freudig.

Plötzlich wich die Stute ohne ersichtlichen Grund zurück und stieß ein Protestgewieher aus.

Sharon seufzte tief und ging mit müden Beinen auf ihre Freundinnen zu. „Ich sag euch, irgendetwas stimmt mit diesem Pferd nicht“, meinte sie. „Es benimmt sich wirklich seltsam.“

Gary Stone kam mit seiner schwarzen, abgenutzten Tierarzttasche zu den Mädchen an den Zaun. „Wie geht's Luna?“, erkundigte er sich.

„Immer noch das Gleiche. Ich glaube allmählich, sie ist verhext.“

„Ich hab sie heute Morgen noch einmal untersucht“, berichtete Gary und stellte seine Tasche ab. „Körperlich fehlt ihr nichts.“

„Ihre Probleme scheinen eher seelischer Natur zu sein“, meinte Sharon.

„Vielleicht hat sie Heimweh“, vermutete Katie.

„Daran haben wir auch schon gedacht. Aber ihr hat doch wochenlang nichts gefehlt, bevor sie anfing, sich so seltsam zu verhalten“, entgegnete Sharon.

„Manchmal tritt diese Art von Depressionen bei Pferden auf, die sich langweilen oder einsam sind“, erklärte Gary. „Aber Luna hat doch jede Menge Gesellschaft und Abwechslung.“

„Sie ist lustlos, will nicht fressen und ist ganz durcheinander“, murmelte Sharon. „Wenn ich es nicht besser wüsste, würde ich sagen, sie ist krank vor Liebe oder so was.“

„Die Symptome kenne ich.“ Melissa lächelt schwach. „Sie wird wohl darüber hinwegkommen. Das ist nur eine Frage der Zeit. Zumindest sagen mir das ständig alle.“ Sie sprang vom

Zaun. „Ich schau mal bei Big Red auf der Ostkoppel vorbei und stimme ihn schon mal ein bisschen auf das Abschlussturnier ein. Gib nicht auf, Sharon! Luna wird sicher wieder vernünftig werden."

Sie sahen wie Melissa mit ziemlich verdrossenem Gesicht wegging. „Arme Melissa", bemerkte Katie. „Meint ihr, dass es ihr gut geht?"

„Schwer zu sagen", antwortete Sharon. „Vor ein paar Tagen habe ich mich nach ihrem Befinden erkundigt und da hat sie mir gesagt, dass sie hauptsächlich damit beschäftigt ist, beim Turnier gut abzuschneiden. Aber ihr kennt ja Melissa. Sie zeigt ihre Gefühle nicht offen."

„Das klingt für mich ganz nach einem Frauengespräch", schaltete sich Gary ein. „Liebeskranke Tiere kann ich behandeln. Aber bei Menschen bin ich in dieser Hinsicht mit meiner Kunst am Ende." Er griff nach seiner Tasche. „Kommt ihr übermorgen in das Seminar?"

„Wir haben uns schon alle dafür angemeldet", antwortete Sharon. Im Rahmen der verschiedenen freiwilligen Kurse, die das Camp jeden Nachmittag anbot, sollte Gary einen Vortrag über Fohlenpflege halten. Die Teilnehmer waren dazu auf die Nachbarfarm von Silver Creek eingeladen, wo ein zwei Monate altes Fohlen zu besichtigen war.

„Schön, dann sehen wir uns also übermorgen." Gary warf noch einen Blick auf Luna. „Und macht euch wegen ihr keine Sorgen! Vergesst nicht, dass sie nach Pferdemaßstäben einfach noch ein kleines Kind ist. Vielleicht macht sie nur eine bestimmte Phase durch."

„Diese schrecklichen Zweijährigen", murmelte Sharon vor sich hin.

„Trotzdem mache ich mir noch immer Sorgen um sie", sagte Jenna leise, nachdem Gary gegangen war.

„Ich auch", gestand Sharon. „Als ich sie das letzte Mal gestriegelt habe, hätte sie mich beinahe gebissen."

Jenna runzelte die Stirn. „Sagt mal, vom wem reden wir hier eigentlich?“

„Natürlich von Luna.“

„Ich habe eigentlich Melissa gemeint“, sagte Jenna lachend. „Ich weiß zwar nicht wie wir Luna helfen können, aber ich glaube für unsere Mitbewohnerin könnten wir schon etwas tun.“

„Oh nein. Nicht schon wieder dieser Plan mit der Briefaktion.“ Katie verdrehte die Augen.

„Jenna, ich hab auch kein gutes Gefühl bei der Sache“, gab Sharon zu.

„Jetzt kommt schon“, bettelte Jenna. „Ich hab auch schon den ersten Brief entworfen.“

„Beginnt er etwa mit ‚Teuerste, kleine Stute‘?“, fragte Sharon.

„Ja, aber ich bin auch offen für andere Vorschläge.“

„Bist du auch offen für einen psychologischen Rat?“, frotzelte Katie.

„Was kann denn schlimmstenfalls schon passieren?“, fragte Jenna in sorglosem Ton.

Genau in diesem Augenblick erschütterte ein ohrenbetäubender Donnerschlag die Luft.

„Da, hörst du’s?“, antwortete Sharon und starrte auf den dunklen Himmel. „Beantwortet das deine Frage?“

„Ich putze gern Sattelzeug“, bekannte Katie einige Minuten später. Sie hielt ein auf Hochglanz poliertes Zaumzeug hoch. Sein dunkles Leder war schon etwas abgenutzt.

„Da“, bot ihr Jenna die Sattelseife an. „Du bist eingeladen. Ich bringe dich nur ungern um die Chance, einmal einen richtig dreckigen Sattel zu säubern.“

„So wild bin ich auf diese Arbeit nun auch wieder nicht“, gestand Katie. „Aber von allen Stallarbeiten ist mir die noch die liebste. Ist doch ganz gemütlich hier in der Sattelkammer, im Geruch von Leder und Heu zu sitzen, während draußen der Wind tobt und in der Ferne Donner grollt ..."

Ihre Worte gingen in einem durchdringenden Schrei unter. „Geh weg! Sie hat mich gebissen! Hilfe!"

Katie wechselte mit Jenna einen erschrockenen Blick. Ohne ein weiteres Wort zu sagen, rannte sie in den Stall.

Romance, schoss es Katie durch den Kopf. Was auch immer passiert ist, hoffentlich hat Romance nichts damit zu tun.

Fast am Gangende stand Donna Hoffman, eine kleine Zehnjährige mit blonden Ringellocken, und hielt sich die rechte Hand. Tränen liefen ihr über das Gesicht und sie schluchzte heftig.

Sie befand sich direkt vor der Box von Romance.

„Sie hat mich gebissen!", schrie Donna, als der dreizehnjährige Josh, den Katie als erfahrenen Reiter kannte, vorsichtig versuchte ihre Hand zu untersuchen. „Ich wollte ihr nur etwas Heu geben und da hat sie mich gebissen!"

Romance tänzelte von einer Seite zur anderen, so als wollte sie jegliche Verantwortung für den Vorfall ablehnen. Ihre Ohren hatte sie angelegt, die Augen weit aufgerissen ... etwa vor Angst? Oder war es Ärger? Katie war sich da nicht so sicher.

Sie stürzte auf die beiden zu. „Vorsicht!", warnte Josh. „Diese Stute ist gefährlich. Bleib hier, Donna! Ich hole Rose."

Als Josh zur Tür eilte, blickte Katie mit großen Augen auf die dunkelrote Stelle auf Donnas Hand. Es war nicht zu erkennen, ob ihr Romance die Haut verletzt hatte. Jedenfalls hätte es viel schlimmer kommen können, dachte Katie. Plötzlich schien ein lauter Donnerschlag den Stall in seinen Fundamenten zu erschüttern. Donna schrie erneut gellend auf. Romance stieß ein ohrenbetäubendes, hohes, durchdringendes Wiehern des blanken Entsetzens aus. Auf der Suche nach einem Fluchtweg schmetterte sie ihre Hufe gegen die Boxenrückwand.

„Ruhig, mein Mädchen!“, redete Katie besänftigend auf sie ein. „Niemand tut dir was, das weißt du doch, oder?“

Im gleichen Augenblick fiel Katies Blick auf die Boxentür, die Donna offen gelassen haben musste. Romance erkannte ihre Chance. Bevor Katie auch nur einen Schritt machen konnte, stürmte die Stute schon aus der Box. Donna taumelte voller Entsetzen zurück, stieß einen Schrei aus, stolperte und fiel nur Zentimeter vor der erschreckten Stute zu Boden.

„Romance!“, versuchte Katie die Stute zurückzurufen. Aber da bäumte sie sich auch schon auf ihren kraftvollen Hinterbeinen auf, während sich unter ihr Donna entsetzt zusammenkauerte.

Kapitel 6

„Romance!“ Katie stürzte auf die Stute zu. „Ruhig! Ich bin’s mein Mädchen. Es ist alles in Ordnung.“

„Katie!“, schrie Josh und kam langsam wieder in den Stall zurück. „Sei vorsichtig!“

„Romance“, flehte Katie, „hab Vertrauen zu mir!“

Die Stute, die sich aufgebäumt hatte, blinzelte, als ob sie Katies besänftigende Stimme endlich erkannt hätte. Sie bewegte sich einen halben Schritt nach hinten, und Donna kroch schnell aus der unmittelbaren Gefahrenzone.

„Ich bin’s nur, meine Kleine. Der Donner macht dir doch nichts“, beruhigte Katie Romance, als sie wieder auf allen Vieren stand und durch die Stalltür zu entfliehen suchte.

„Halt sie fest!“, schrie Donna.

Josh und Jenna kamen näher heran. Romance tänzelte aufgeregt vor und zurück und schnaubte aufgebracht.

„Na, mein Mädchen“, fragte Jenna, „willst du Zucker?“ Sie wandte sich an Katie. „Ich hoffe bloß, du hast welchen“, fügte Jenna leise hinzu.

Als sie die Schulter der Stute berühren wollte, wich Romance argwöhnisch aus.

„Lass mich!“, bat Katie ganz gefasst, auch wenn sie das innerlich gar nicht war.

„Nicht!“, wimmerte Donna. „Diese Stute ist verrückt. Ich sag’s dir.“

„Sie ist nicht verrückt“, widersprach Katie. „Romance mag nur keine Gewitter, das ist alles. Sie ist ein braves Mädchen“, lobte Katie die Stute und näherte sich ihr vorsichtig. „Soll ich dir die Wange kraulen, mein Baby? Na, wie wär's damit? Das würde dir doch sicher gefallen."

Romance schaute Katie an. Ihr Schweif peitschte wild hin und her. Ihre Ohren zuckten nervös. Sie stampfte mit einem Fuß auf den Boden. Aber die Angst in ihren Augen war gewichen.

Katie ging nahe an sie heran und strich ihr über das weiche Maul. Mit einem Schlag schien sich jeder Muskel im Körper der Stute zu entspannen. „Du bist doch mein Mädchen", flüsterte Katie. „So ist es brav. Jetzt ist alles wieder gut."

„Nicht zu glauben", stieß Josh hervor. „Wie hat sie das bloß geschafft?"

„Sie kann sich eben in Pferde hineinversetzen", entgegnete Jenna voller Stolz und winkte Katie zu.

Erneut zerriss ein Donnerschlag die Luft. Katie spürte, wie Romance sich verkrampfte, aber gleich wieder entspannte.

„Komm, ich bringe dich jetzt in deine Box zurück!", schlug Katie vor. „Du hast genügend Aufreg... "

„Nimm sofort die Finger von meinem Pferd!"

Katies Kopf fuhr herum. Matt kam auf sie zu, hinter ihm Claire.

„Sie hat mich gebissen", weinte Donna und streckte Claire ihre Hand entgegen. Matt blieb abrupt stehen, sein verärgertes Gesicht war zu einer dunklen Maske erstarrt. Claire sah sich Donnas Wunde an.

„Das ist noch mal gut gegangen", beruhigte Claire sie. „Aber wir fahren auf alle Fälle nach Pooleville in die Sanitätsstation, damit sie sich das ansehen. Du brauchst eine Tetanusspritze."

„Hast du ihr irgendwas getan?", fragte Matt vorwurfsvoll. „Hast du sie geneckt? Das hasst sie nämlich."

„Ich habe überhaupt nichts getan", schluchzte Donna. „Ich hab ihr nur ein bisschen Heu gegeben und da hat sie mich angegriffen."

„Das stimmt, Matt“, versicherte Josh. „Ich war hier. Zum Glück hat Katie die Situation gerettet. Romance ist aus der Box ausgebrochen, aber Katie hat es geschafft, sie wieder zu beruhigen.“ Er schüttelte den Kopf. „Es war unglaublich, fast wie ein Wunder. Ich weiß nicht, was sie gesagt hat, aber es hat gewirkt.“

Matt stapfte wütend auf Romance zu und ergriff ihr Halfter. „Ach nein!“, sagte er. „Könntest du mir freundlicherweise verraten, wie du das gemacht hast?“

„Matt, beruhige dich!“, bat Josh. „Du solltest froh sein, dass Katie Romance wieder unter Kontrolle gebracht hat. Niemand anderer konnte ...“

„Niemand anderer“, ergänzte Matt den Satz, „und auch ich nicht. Das wolltest du doch damit sagen oder?“

„Wirklich“, ließ sich Katie vernehmen und ihre Stimme zitterte dabei leicht, „Romance ist ein Schatz, wenn du sie erst mal kennen lernst ...“ Sie hielt mitten im Satz inne, aber sie wusste, es war zu spät. Sie spürte wie ihr die Röte vom Hals her in die Wangen schoss.

„Kennen lernen?“, fragte Matt. „Wann bitte hattest du die Gelegenheit, sie kennen zu lernen? Hab ich dir nicht gesagt, ich will niemanden in der Nähe von Romance sehen! Jetzt verstehst du warum, oder nicht?“

Katie schaute Hilfe suchend zu Jenna hinüber, als ob sie von ihr weise Sprüche oder ein Loch zum Verkriechen erwarten würde. Aber Jenna schaute Claire mit einem Blick an, der zu Katies Bestürzung echte Angst ausdrückte. Wenn Jenna Angst hatte, war Katie tatsächlich in Schwierigkeiten.

„Ich habe sie ... “, Katie drohte die Stimme zu versagen. „Ich habe sie nur ein paar Mal besucht, um ... na ja. Sie wirkte so aufgewühlt und sie ist so ein wundervolles Pferd und du ... “ Ihre Stimme versagte jetzt ganz. Und du weißt gar nicht zu schätzen, was du hast, hatte sie eigentlich noch dazufügen wollen.

„Was ist denn hier los?“ Melissa und Sharon kamen mit Luna am Führstrick in den Stall.

„Katie?“, fragte Melissa. „Ist alles in Ordnung?“

„Nein, nichts ist in Ordnung!“ Claires stahlblauer Blick schien Katie zu durchbohren. „Heißt das, dass du nachts in den Stall geschlichen bist?“

Katie nickte stumm.

„Und wenn etwas passiert wäre?“, fragte Claire erregt.

„Sie war wirklich vorsichtig“, verteidigte Jenna sie. „Und es war ja nicht oft.“

„Außerdem haben wir gedacht, sie schleicht nachts herum, weil sie verliebt ist“, erklärte Sharon. „Wir haben doch nicht geahnt, dass es dabei um ein Pferd geht.“

„Tatsache ist“, sagte Claire mit ernster Stimme, „wenn dir etwas passiert wäre, Katie, hätte niemand was gemerkt, bis es zu spät gewesen wäre. Du weißt genau, in der Nacht ist der Zutritt in den Stall strikt verboten.“

„Und zu meiner Stute ebenfalls“, schloss sich Matt verärgert an. Er führte Romance in ihre Box und kehrte wieder zu der Gruppe zurück. „Ich mache keinen Spaß! Ich will dich nicht mehr in der Nähe des Pferdes sehen, nie wieder!“

„Red nicht in diesem Ton mit ihr!“, schrie Jenna ihn an. „Sie liebt dieses Pferd.“

„Komm, Jenna“, wehrte Katie mit tränennassen Augen ab, „das ist schon okay. Matt hat Recht. Romance gehört ihm.“ Sie schaute zu Claire hinüber. „Es tut mir wirklich Leid, Claire. Ich verspreche, es kommt nicht wieder vor.“

Claire lächelte zaghaft. „Ich glaube dir. Du bist ein nettes Mädchen, Katie, und ich weiß, dass ich dir vertrauen kann. Sie blinzelte ihr zu. „Ich habe das Gefühl, du bist zu viel mit deinen aufsässigen Zeltkameradinnen zusammen.“

Sharon legte wie eine schützende große Schwester den Arm um Katies Schulter. „Komm, Katie! Du solltest lieber mit deinen aufsässigen Zeltkameradinnen zum Essen gehen. Ich kümmere mich nur noch kurz um Luna und komme dann nach."

Melissa und Jenna gingen neben Katie her. „Er mag ja tolle Haare haben", murmelte Melissa, als sie einen Blick auf Matt zurückwarf, „aber er ist der größte Vollidiot des Jahrhunderts."

Katie drehte sich um, weil sie Romance noch einmal sehen wollte. Statt dessen begegnete ihr Matts verdrossener und grollender Blick.

Sie wusste, es war besser nichts mehr zu sagen. Aber sie konnte nicht anders. „Du solltest sie mehr schätzen, Matt", riet sie ihm freundlich. „Sie ist ein gutes Pferd. Ein wirklich gutes Pferd."

Matt tat, als hätte er es nicht gehört. Er drehte sich um und stapfte in die Box zu Romance. Doch die Art, wie er für einen kurzen Moment seine Wange an den Hals der Stute legte, ließ Katie zweifeln, ob er ihre Worte wirklich nicht gehört hatte.

„Also, beim Übergang von einer schnelleren in eine langsamere Gangart sollte man sich zunächst einmal klar machen, wie ein Pferd ohne Reiter schnell zum Stehen kommt", erklärte Claire am nächsten Morgen vor der versammelten Klasse. „Nehmt beispielsweise ... ", sie schaute sich suchend um, „Big Red, dort drüben, wenn er fröhlich auf der Westkoppel galoppiert. Was passiert, wenn er mit ein paar langen Schritten zum Stehen kommt? Er krümmt den Rücken und senkt den Kopf. Dadurch kann er die meiste Kraft, die er zum Anhalten braucht, auf die Hinterbeine verlagern. Sitzt nun aber Melissa auf ihm, wird die Sache schon schwieriger. Red spürt, wie sein Gewicht nach vorne geschoben wird, und muss eine ganze Menge mehr Kraft auf seine Vorderbeine legen. Wenn ihr also den Übergang in eine langsamere Gangart vorbereitet", fuhr Claire mit ihrer Erklärung fort, „wird erst die halbe Parade eingesetzt, um das Pferd darauf aufmerksam zu machen. Aber richtig, meine Herrschaften! Gerade sitzen, Schultern nach hinten, Beine eng an das Pferd legen. Das Ganze mit den Zügeln unterstützen ..."

Melissa versuchte sich auf Claires Worte zu konzentrieren, aber ertappte sich dabei, wie ihre Gedanken ständig zum Abschlussturnier wanderten. Im Geiste hörte sie schon: „Und nun kämpft Melissa Hall auf Big Red um die blaue Schleife und startet ihren Siegesgalopp ..." Diesen Tagtraum hatte sie in letzter Zeit oft. Sie wusste zwar, dass es nur um ein kleines Turnier ging, eine unbedeutende Veranstaltung in einem Camp, im Vergleich zu einigen der offiziellen und schweren Turniere, an denen sie in den letzten Jahren teilgenommen hattc. Aber der Sieg bedeutete eine Menge für sie nach dem Start im Sommer hier in Silver Creek. Mit sehr gemischten Gefühlen hatte sie sich damals auf das Ganze eingelassen. Sie wäre viel lieber in ein Elite-Camp gegangen. Doch die Dinge hatten sich besser entwickelt, als sie dachte, ausgenommen die Geschichte mit Marcus natürlich. Aber eine blaue Schleife beim Silver-Creek-Turnier würde sie sicher ein bisschen darüber hinwegtrösten.

Vor ihrem inneren Auge sah sich Melissa dankend den Applaus der Menge entgegennehmen. Ihr blaues Schleifchen flatterte im Wind. Sie winkte den Zuschauern und ihren Freunden zu, umarmte Big Red, dem sie natürlich einen großen Teil des Sieges verdankte ...

Aber etwas fehlte. Der eine natürlich.

Marcus.

Bisher war Marcus in ihrem Traum immer dabei gewesen. Er hatte auf der Zuschauertribüne gesessen und sie angefeuert. Dieses Mal jedoch blieb Markus verschwunden. Er hatte sich in Luft aufgelöst, ohne eine Spur zu hinterlassen. Komisch, es tat gar nicht so weh. Sie fühlte keinen herzzerreißenden Schmerz.

„Melissa", zischelte Jenna.

Melissa warf einen Blick zurück über die Schulter. „Was ist?“

Jenna stellte sich mit Turbo neben Big Red. Die zwei Pferde beschnupperten einander neugierig in einem vertrauten Begrüßungsritual. „Na endlich. Ich habe schon zweimal gerufen. Bist du auf einem anderen Stern?“

„Tagträumen ist gut für die Seele.“

Jenna drehte den Kopf zur Seite. „Ist alles in Ordnung?“ flüsterte sie.

„Ja.“

„Wirklich?“

„Ja, wirklich.“

„Denkst du an ... komm, du weißt schon wen?“

„Jenna!“, stöhnte Melissa. Ihre Freundinnen versuchten alles, damit sie sich besser fühlte. Aber langsam ging ihr das auf die Nerven. „Sag schon, was gibt's?“

„Guck, dort! Mister Hitzkopf.“

In der Mitte des Trainingsplatzes übte Matt gerade einen Übergang vom Galopp in den Trab.

„Lehn dich nicht so stark nach hinten, Matt!“, rief Claire. „Zieh die Zügel fester an, damit sie langsamer wird! Gib Schenkelhilfe!“

„Sie hört nicht auf mich“, schimpfte er laut.

„Das kann man ihr nicht verdenken“, antwortete Melissa leise.

„Ich bin so sauer auf ihn“, zischte Jenna wütend. „Katie war den ganzen Abend fix und fertig.“

„Ach übrigens, wo seid ihr gestern Abend eigentlich gewesen?“, flüsterte Melissa.

„Oh!“ Jenna strich mit dem Finger über eine Kerbe in ihrem Sattel. „Du meinst, als du noch gelesen hast, kurz vor dem Lichtauslöschen?“

Melissa nickte und beobachtete Matt bei seinem Versuch, vom Trab in den Schritt zu wechseln. Dieses Mal ging es viel weicher, aber sie hatte das Gefühl, Matt und Romance verständigten sich nicht gerade in perfekter Harmonie.

„Oh, wir sind nur ... Katie wollte noch mal in den Stall zurück, aber wir sind stattdessen noch ein bisschen spazieren gegangen, damit sie ... na ja, das alles loswerden konnte."

„Meine Damen!", rief Claire. „Könntet ihr eure Unterhaltung vielleicht auf später verlegen?"

„Tut mir Leid", entschuldigte sich Jenna. „Wir haben uns nur über, eh, Matts Technik unterhalten."

„Warum diskutieren wir nicht gleich über deine?", schlug Claire vor, als Matt im langsamen Trab zur Gruppe zurückkam.

Melissa schaute Jenna nach, wie sie mit Turbo in die Mitte ritt. Er war ein herrlicher Fuchswallach, eine wahre Augenweide, und Jenna und er schienen immer Spaß miteinander zu haben. Jennas Übergänge waren butterweich. Zwar reagierte Turbo stets ein wenig verzögert, aber Melissa wusste, das die beiden noch nicht allzu lange zusammen arbeiteten. Genauso wie sie und Red.

„Du fegst sie einfach alle weg, ja?", flüsterte sie ihm zu. Melissa langte nach hinten um ihn zu tätscheln und dabei streiften ihre Finger etwas, das zwischen Satteldecke und Sattel steckte.

Ein Etikett? Oder ein Bonbonpapier oder sonst irgendwas, das sie beim Satteln übersehen hatte?

Sie zog es mit einem Ruck heraus. Zu ihrer Überraschung hielt sie ein Stück weißes Papier in der Hand, das zu einem kleinen Vogel gefaltet war.

Sie sah genauer hin: spitze Ohren und ein ziemlich langgezogener Kopf. Jemand hatte große, ausdrucksvolle Augen eingezeichnet. Das war kein Vogel. Das war ein Pferd. Zugegeben, ein recht komisch aussehendes Pferd, als ob es von Picasso stammen würde.

Innen stand etwas geschrieben:

Liebe Melissa,

ich beobachte dich schon seit vielen Wochen aus der Ferne und jetzt habe ich endlich den Mut gefunden, dir zu schreiben. Ich hätte das schon früher tun sollen, aber ich bin sehr schüchtern, und obwohl mein Herz voll ist, ist mein Mund leer.

Immer wenn ich an dich denke, Melissa, erinnerst du mich an eine sehr alte Sage von zwei Pferden: einer wundervollen Stute namens Aurora und dem kraftvollen Hengst Comet. Jeder von ihnen lebte an einem Ufer des gewaltigen Silver River. Jener Fluss ist heute der sanft dahinplätschernde Silver Creek. Aber vor sehr langer Zeit war er ein reißender Strom mit so gefährlichen Stromschnellen, dass sich kein Tier jemals darüber wagte.

Jeden Tag, wenn Comet an den Fluss ging, um von dem glasklaren Wasser zu trinken, schaute er sehnsüchtig zu Aurora hinüber und wünschte er hätte den Mut, die gewaltigen Wasser zu überqueren und ihr seine Liebe zu gestehen.

Ich bin wie Comet, Melissa, und du wie Aurora. Ich beobachte dich beim Mittagessen durch den ganzen Raum hindurch, über ein riesiges Ödland von Makkaroni und Bohnen mit Würstchen hinweg und sehne mich danach, dir meine Gefühle zu gestehen.

Ewig Dein
Mister X

Melissa überflog noch einmal den letzten, recht komisch klingenden Teil des Briefes. „Riesiges Ödland von Makkaroni und Bohnen mit Würstchen“, flüsterte sie. Sie lachte vor sich hin und faltete das Papier wieder sorgfältig zusammen.

Jenna kam herangetrabt, atemlos und verschmitzt grinsend. „Na, wie haben wir das gemacht?“, fragte sie.

„Oh“, antwortete Melissa lächelnd, „ganz ausgezeichnet.“

„Kommst du mit zum Mittagessen?“, fragte Jenna, als sie die Pferde abgesattelt und versorgt hatten.

„Geh schon mal voraus und halt einen Platz für mich frei!“, bat Melissa. „Ich brauche noch was aus meinem Schrank.“

Sie lief eilig zum Zelt zurück. Dort ging sie schnurstracks auf ihren Schrank zu und öffnete ihn. Ihre Jacke lag ganz oben, ordentlich zusammengelegt wie all ihre anderen Kleidungsstücke. Sie nahm sie heraus, legte sie auf ihr Bett und griff in die Tasche.

Der Brief von Marcus war noch da – zusammengeknüllt zu einer kleinen Kugel. Melissa atmete tief durch und faltete das Papier langsam auseinander.

Sie wollte das PS sehen, das Katie erwähnt hatte.

PS: Egal, auch wenn ich nie wieder etwas von dir höre, ich werde immer dein Freund bleiben. Marcus.

Melissa nickte nachdenklich. Dann faltete sie den Brief zusammen und legte ihn ganz unten in ihren Schrank. Beim Abschließen fiel ihr Blick auf die Filme, die sie noch entwickeln lassen wollte. Es waren die letzten Aufnahmen von Marcus, die sie vor dem Umzug von ihm gemacht hatte, und ein paar von Silver Creek.

Sobald sie sich die Bilder ansehen konnte, ohne traurig zu werden, würde sie sie zum Entwickeln geben. Aber sie würde sich Zeit lassen.

Langsam schlenderte Melissa zurück zum Haus. „Ich werde immer dein Freund bleiben.“ – Noch vor ein paar Tagen hätte Melissa behauptet, dass das unmöglich sei. Aber vor ein paar Tagen hätte Melissa auch nicht gedacht, dass Marcus in ihren Träumen nicht mehr vorkommen könnte.

Kapitel 7

„Ich sag euch“, flüsterte Jenna, als die Mädchen sich am nächsten Tag auf die Sitze in dem kleinen Silver-Creek-Bus fallen ließen, „Melissa hat’s geschluckt.“

„Ruhe!“, befahl Katie. „Sie kommt.“

Plötzlich wich alle Farbe aus Katies Gesicht. Sharon folgte ihrem Blick. Matt und Adam stiegen gerade in den Kleinbus ein. Matts und ihr Blick trafen sich für eine Sekunde. Er schaute, als ob er etwas sagen wollte, ließ sich dann aber auf einem der vorderen Sitze nieder und starrte missmutig aus dem Fenster.

„Wenn ich gewusst hätte, dass der mitkommt, wäre ich lieber ins Happening-Seminar gegangen“, murrte Jenna.

„Ich nicht!“, sagte Katie entschieden und richtete ihren Blick auf Matt. „Ich kann es gar nicht erwarten das Fohlen zu sehen. Wenn ich tatsächlich Tierärztin werden sollte, muss ich jede Chance nutzen etwas zu lernen.“

„Willst du Pferdedoktor werden?“, fragte Sharon.

„Das weiß ich noch nicht. Ich glaube, ich möchte lieber Tierärztin in einem Zoo werden und bei der Aufzucht bedrohter Tierarten helfen.“ Katie zuckte mit den Achseln. „Natürlich nur, wenn ich die Schule schaffe.“

„Du bist eine gute Schülerin, Katie“, bestätigte ihr Jenna, „du hasst nur Prüfungen.“

„Nein, die Prüfungen hassen mich“, widersprach Katie und lächelte resigniert.

„Ich möchte der erste weibliche Jockey werden, der alle drei Triple-Crown-Turniere gewinnt“, sagte Jenna verträumt.

„Entweder das oder Astronautin. Ich finde das cool, so schwerelos herumzuschweben. Wie sieht es mit dir aus, Melissa? ... Melissa, träumst du?!“

„Tut mir Leid“, entschuldigte sich Melissa. „Ich war gerade mit den Gedanken ganz woanders. Bei diesem Brief. Sagt mal, hat eine von euch schon mal was von der Sage von Aurora und Comet gehört?“

„Nö“, antwortete Sharon schnell.

„Wer sollen Aurora und Comet denn sein?“, fragte Jenna und klang dabei eine Spur zu neugierig.

„Ach niemand. Niemand Besonderes. Und über was habt ihr euch gerade unterhalten?“, lenkte Melissa schnell ab. „Über das, was wir mal später werden wollen“, antwortete Katie, „und welche Pläne hast du so für die Zukunft, Sharon?“

„Eigentlich ...“, Sharon zögerte. Sie sprach nicht gerne über ihre privaten Gefühle, besonders nicht über die, bei denen sie wusste, dass sie so hoffnungslos klang. „Ich habe an ein Pferde-Therapie-Camp gedacht für Reiter, die wie ich eben ... körperlich behindert sind. Entweder das, oder ich gehe mit Jenna in den Weltraum. Vermutlich bräuchte ich dort noch nicht mal meine Schienen.“

„Ein Camp wäre eine Superidee“, begeisterte sich Jenna. „Wir würden dir alle helfen – in unserer Freizeit natürlich. Und das alles zwischen der Erhaltung von Tierarten, der Sicherstellung des Weltfriedens und der Umkreisung des Planeten.“

Fröhlich alberten die vier Mädchen herum, bis sie in die Auffahrt der Nachbarsfarm Briarwood einbogen.

„Ich glaube, das Seminar heute Nachmittag wird Spitze“, begeisterte sich Katie, „ich habe noch nie so ein junges Fohlen gesehen. Es ist sicher ganz süß. Ich wünschte mir, wir hätten bei seiner Geburt dabei sein können.“

„Vergiss nicht, es ist schon zwei Monate alt!“, machte sie Sharon aufmerksam. „Fohlen wachsen sehr schnell. Es ist bestimmt nicht mehr so putzig, wie du dir das vorstellst. – Seht mal, Gary ist schon da. Da drüben steht sein Laster."

Der Bus parkte neben einem Koben mit quiekenden, rosafarbenen Schweinchen und einer laut grunzenden Muttersau.

Alle drängten aus dem Bus. Gary und ein junger Mann in Jeans warteten am Zaun der Koppel. Katie stockte fast der Atem, als sie näher kamen. Dort in der Mitte stand das Fohlen mit seiner Mutter. Das kleine Hengstfohlen besaß den typischen, etwas unruhigen Blick eines Jungtieres, aber mit seinem graziösen Körperbau und den wachsamen, intelligenten Augen war es ein exaktes Abbild seiner Mutter.

„Du hattest Recht, Sharon", bestätigte ihr Katie, als sie es vom Zaun aus bewunderten. „Das Hengstfohlen ist schon größer, als ich gedacht habe."

„Und trotzdem noch so ein süßer, kleiner Kerl", erwiderte Sharon und lachte, denn das Pferdekind stieß seine Mutter an die Schulter und versuchte sie vergeblich zum Spielen zu bewegen.

„Leute, darf ich vorstellen: Ellis Hardesty", wandte sich Gary an die Gruppe, „Besitzer von Sassy und ihrem letzten Abkömmling ‚Searcher'".

„Wann ist Searcher geboren?", wollte Sharon wissen.

„Am 12. Juni um 3.15 Uhr morgens", antwortete Mr. Hardesty. „Er war nur ein paar Tage über dic Zeit."

„Die Tragzeit von Pferden, also von der Empfängnis bis zur Geburt, beträgt elf Monate", erklärte Gary. „Manchmal kann es auch etwas variieren. Die ersten Stunden und Tage nach der Geburt eines Fohlens sind sehr entscheidend. Die meisten von ihnen stehen schon eine halbe Stunde später auf den Beinen und suchen nach Milch. Diese sogenannte Vormilch wird auch Kolostrum genannt und ist überreich an wichtigen Antikörpern."

Daraufhin lief Searcher davon und stellte in einem ausgelassenen Spiel seine Kraft zur Schau. Er bockte, schlug aus und tollte auf der Koppel umher, während ihm Sassy mit mütterlicher Langmut zuschaute. „Er hat mehr Energie als drei Hengstfohlen zusammen", berichtete Mr. Hardesty.

„Ist er schwierig im Umgang?", fragte jemand. Sharon drehte sich um, um zu sehen, von wem die Frage kam. Es war Matt, der ganz am Ende der Gruppe auf dem Zaun saß.

„Nein, wir haben von Anfang an mit ihm gearbeitet", erwiderte Mr. Hardesty.

Gary nickte. „Es ist wichtig schon früh und oft Kontakt mit einem Fohlen aufzunehmen. Dadurch lernt es den Menschen zu vertrauen und menschlichen Kontakt zu suchen. Die ersten Tage reicht es aus, dem Fohlen leicht über den Körper zu streichen, denn es soll sich nur an das Gefühl der Hand, die es berührt, gewöhnen."

Nachdem Searcher seine akrobatische Schau beendet hatte, kam er langsam zum Zaun und beäugte vorsichtig die Besucher. Matt streckte seine Hand aus und hielt sie still. Searcher zögerte und warf den Kopf hin und her. Er schaute zu Sassy zurück, wie um sich zu vergewissern, dass sie nichts gegen diese neuen, zweibeinigen Eindringlinge hatte. Dann ging er geradewegs auf Matt zu und rieb sein Maul an der ausgestreckten Hand.

Matt strich zärtlich über den Kopf des Fohlens. „Mann, es ist kaum zu glauben, dass Romance auch mal so klein war", staunte er und seine Stimme klang ganz ehrfurchtsvoll.

„Schau nicht hin!", flüsterte Sharon Katie zu, „Aber ich glaube Matts Körper ist gerade von einem süßen, tiefen, fremden Gefühl durchströmt worden."

„Wie bedauerlich, dass es nicht anhält", flüsterte Katie zurück.

Während der nächsten Stunde sprach Gary über die Entwicklung und Pflege von Fohlen. Nach einer langen Reihe von Fragen und Antworten fand Sharon es richtig schade, dass das Seminar schon zu Ende war.

„Danke, dass wir kommen durften", verabschiedete sich Sharon von Mr. Hardesty auf dem Weg zum Bus.

„Ihr könnt mich jederzeit besuchen, wenn ihr Lust habt", schlug er etwas verlegen vor. „Schließlich, seid ihr doch Nachbarn." Er deutete auf einen etwas weiter entfernten Zaun. „Wie haben einen gemeinsamen Zaun und ... " Er wurde von dem Gebell eines Hundes unterbrochen, dem ein ohrenbetäubendes Kläffen folgte. „Oh, tut mir Leid. Wir haben einen jungen Spürhund, der es als seine Lebensaufgabe ansieht, unsere Kühe und Pferde auf den Weiden herumzujagen. Ich muss ihn an die Leine nehmen, so lange wir ihm keine besseren Manieren beigebracht haben."

„Auf alle Fälle ist Ihr Hengstfohlen ganz süß", lobte Melissa.

„Ja. Es sieht Joker unheimlich ähnlich. Das ist der Wallach, den ich vor ein paar Wochen verkauft habe. Ich vermisse den Jungen. Er war eine Schönheit, aber störrisch unter dem Sattel. Sei's drum. Man hätte fast glauben können, Searcher sei sein kleiner Bruder."

„Also, nochmals vielen Dank", sagte Katie. Sie wollten gerade gehen, als Sharon plötzlich wie erstarrt stehen blieb und sich bei Katie unterhakte.

„Was ist los?", fragte Katie nervös. „Noch ein Matt in Sicht?"

„Nein", erwiderte Sharon, „ich hab da gerade eine Idee. Es ist vielleicht verrückt, aber ... Mr. Hardesty hat doch eben gesagt, er hat vor kurzem den Wallach verkauft. Das war genau zu der Zeit, als Luna einen Rückschlag erlitten hat."

„Und was weiter?"

„Also, könnte es nicht sein, dass der Wallach und Luna sich angefreundet haben? Du weißt schon, so über den Zaun hinweg, eine Art ferne Liebe? Angenommen, sie waren richtige Kumpel, und dann verschwindet der eine plötzlich? Das würde doch erklären, warum sich Luna so hängen lässt."

„Sharon, das ist brillant. Du bist ein Genie. Du bist der Pferde-Einstein.“ Nachdem sich Katie wieder beruhigt hatte, fragte sie: „Aber ... was machen wir denn jetzt?“

„Vielleicht könnten wir sie wieder zusammenbringen?“, schlug Jenna vor. „Ein Besuch, um sie wieder munter zu machen.“

„Au ja“, drängte Melissa. „Es wäre so schön, ein Paar wieder vereint zu sehen.“

„Mr. Hardesty?“, fragte Sharon. „Sie wissen doch, der Wallach, den Sie verkaufen haben. Hat ihn jemand in der Umgebung hier gekauft?“

„Die Straße ein Stück hinunter. Hank Parham. Eine nette Familie.“

„Vielen Dank“, sagte Sharon ganz aufgeregt. Sie wandte sich an ihre Freundinnen. „Jetzt müssen wir nur noch mit Rose sprechen, dass sie uns eine kleine Spazierfahrt erlaubt.“

„Viel Glück“, wünschte Melissa.

„He! Das ist alles im Namen der wahren Liebe“, erklärte Sharon. „Wie könnte sie da ‚nein‘ sagen.“

„Nein.“

Rose sah nacheinander Katie, Sharon, Melissa, Jenna, ihre Tochter Claire und als letztes Luna an. Dann schüttelte sie fest entschlossen den Kopf. Sie befanden sich an diesem Abend alle im Trainingsring, nach Meinung der Mädchen genau die richtige Zeit, um Rose zu fragen.

„Aber das macht Sinn, Rose“, protestierte Sharon. „Schau dir doch den Beweis an!“

Rose strich Luna liebevoll über das Maul. Die junge Stute ließ das ungerührt über sich ergehen. „Gut, das mag ja sein“, gab Rose zu. „Aber ich kann keinen Sinn darin sehen, Luna in einen Transporter zu laden und sie zu Parhams zu fahren, nur damit sie kurz ihre wahre Liebe sieht und sich anschließend wieder genauso miserabel fühlt wie vorher. Wäre es nicht besser, das Leben zu nehmen wie es ist, meine Süße?", fragte sie Luna.

„Vielleicht könnten sie Freunde bleiben", schlug Melissa vor. „Ich meine, das gibt es ja."

„Schätzchen, das sind Pferde. Was würden sie denn dann machen, Postkarten schreiben? Sich in den Ferien anrufen?"

Katie warf Rose einen traurigen Blick zu, und alle starrten auf die arme Stute. Ihr Kopf hing tief herab, als ob er ihr zu schwer wäre. Dann hob Luna leicht den Kopf und seufzte tief auf.

„Aha. Jetzt versuchst du auch noch, mein Herz zu erweichen." Rose hob die Hände. „Also gut. Ein Mal. Nicht mehr. Und erzählt bloß niemanden, dass ich mit dieser lächerlichen Geschichte etwas zu tun habe!" Sie wandte sich zum Gehen. „Nur für den Fall, dass es nicht funktioniert", fügte sie über die Schulter hinweg hinzu.

„Danke, Rose", sagten die vier Freundinnen erleichtert und wollten sich auf dem Weg zum Zelt machen.

„Katie?", rief Claire und winkte sie mit dem Zeigefinger zu sich. „Kann ich dich mal kurz sprechen."

Katie folgte Claire auf die Seite des Stalles hinüber, nachdem ihre Freundinnen ihr noch ein paar aufmunternde Blicke zugeworfen hatten.

„Hör zu!", begann Claire. „Margaret hat mir erzählt, du hast in der Gruppe gesagt, dass du beim Abschlussturnier nicht mitreiten willst. Warum denn nicht?"

Katie zuckte mit den Achseln. „Du kennst mich doch. Ich hasse Prüfungen. Ich bin wie blockiert."

„Das hat aber nichts mit der Geschichte von Romance zu tun, oder?"

„Nein, ich hab schon lange vorher entschieden, nicht anzutreten. Aber ..." Katie zögerte. Sie hatte mit aller Macht versucht, nicht mehr an den Vorfall im Stall zu denken. Außerdem hatte sie wo immer es ging vermieden, Matt und Romance zu begegnen. Sie hatte aber auch keine Lust, mit Claire darüber zu reden.

„Ich habe mich gefragt, ob du dich vielleicht wegen dieser ganzen Aufregungen den Pferden gegenüber unsicher fühlst. Die Wahrheit ist – nicht dass ich dir verzeihe, was passiert ist, denn du weißt ganz genau, dass ich wütend werde, wenn du dich in Gefahr begibst – ....“ Claire lächelte. „Okay, das war die Lehrerin in mir. Mein anderes Ich sagt mir, dass du verdammt gut mit Pferden umgehen kannst und die Art, wie du Romance beruhigt hast, ist der Beweis dafür.“

„Na, ja“, seufzte Katie. Sie konnte es nicht genau erklären, aber seit Matts Verbot war sie sich weniger denn je ihres Instinkts für Pferde sicher. „Claire, die Sache ist die: Ich dachte, ich würde das Richtige tun, wenn ich Romance besuche. Obwohl ich wusste, dass Matt sauer werden würde und obwohl mir klar war, dass es gegen die Vorschriften war. Ich habe meinem Instinkt vertraut und was habe ich erreicht: Matt ist wütend und ich sitze in der Tinte. Vielleicht kann ich auf meinen Instinkt pfeifen.“

„Du hast einen sehr guten Instinkt. Aber jeder macht von Zeit zu Zeit Fehler.“

„Ich wollte doch nur ein Kamerad für Romance sein. Sie braucht jemanden, Claire. Wirklich!“

„Vielleicht kannst du ja einen Kompromiss mit Matt schließen? Sprich mit ihm!“

„Mit Matt sprechen? Du machst wohl Scherze? Das schaff ich doch nie.“ Katie lehnte sich gegen die Stallwand und zuckte die Achseln. „Vielleicht bin ich halt auch nur ein Feigling.“

„Du bist überhaupt kein Feigling. Denk bloß dran, wie du mit dem gefährlichen Pferd umgegangen bist! Aber ... “, winkte Claire ab, „nicht dass du meinst, ich würde das billigen.“

„Hat jetzt wieder die Lehrerin in dir gesprochen oder dein anderes Ich?“

„Das war die Freundin in mir. Und weil ich gerade in

freundschaftlicher Stimmung bin, möchte ich dir noch einen anderen Rat geben. Versuch mit Matt zu reden, jetzt, wo er sich wieder beruhigt hat! Entschuldige dich bei ihm! Sag ihm, das es dir Leid täte, wenn du ihn verärgert hast, aber dass er halt so ein tolles Pferd hat, mit dem du dich anfreunden möchtest!“

„Ich weiß nicht ...“

„He! Es kann nichts schaden. Vielleicht hast du Glück!“

„Ich denk darüber nach.“

„Denk auch über das Abschlussturnier nach! Versprochen? Es wird bestimmt sehr lustig werden.“

„Du hast leicht reden. Du bist Schiedsrichterin.“

„Und noch was ...“

„Ja, ja, ich verspreche es. Ich schleiche mich nie wieder ...“

„Okay“, lachte Claire. „dann ‚schleich‘ dich jetzt mal ganz schnell zu eurem Zelt.“

Kapitel 8

Jenna spähte über ihre Bettdecke und vergewisserte sich, dass Melissa schlief. Ihr Schnarchen hörte sich an wie ein Schwerlaster im falschen Gang. Dann drehte sie sich auf ihre Seite und schirmte den Strahl der Taschenlampe mit der Bettdecke ab. Das leere Blatt Papier starrte sie an. Sie kaute an ihrem Bleistift und überlegte.

Liebe Melissa,
Erneut suche ich in meinem Herzen nach Worten.

Nein. Sie radierte es wieder aus. Sie hatte Sharon versprochen, nicht zu blumig zu werden. Aber Jenna war die Einzige im Zelt, von der schon etwas veröffentlicht worden war. Die Schülerzeitung hatte ein Gedicht von ihr abgedruckt. Jenna konnte sich nur noch daran erinnern, dass es mit „Es war einmal ein Pferd ohne Schweif" begann. Nun, Shakespeare war das nicht gerade. Ihre Lehrerin in der dritten Klasse hatte ihr aber versichert, dass es vielversprechend wäre. Allerdings hatte sie auch Donny Clements gesagt, dass er eines Tages richtig groß sein würde und er war immer noch der Kleinste der Klasse. Schade, dass Sharon und Katie schon schliefen. Sie hätte einen kreativen Beitrag von ihnen gut brauchen können.

Liebe Melissa,
weder brennende Sonne noch strömender Regen noch Graupelschauer oder Stiche tödlicher Insekten können mich davon abhalten, zur Feder zu greifen.

Schon oft habe ich versucht dir nahe zu sein, aber dein strahlender Glanz blendet mich wie die Mittagssonne.

Das war jetzt sicher zu blumig. Vielleicht wäre es doch besser, die gemeinsam begonnene Sage von Aurora und Comet weiterzuspinnen.

In der letzten Woche waren wir an der Stelle stehen geblieben, wo sich Comet so sehr nach Aurora sehnte, dass er auf der Suche nach einer Furt den langen Silver River auf und ab lief, um zu seiner geliebten Aurora zu gelangen.

In seiner Verzweiflung galoppierte er zur Zauberin Mariah, die in den nahe gelegenen Bergen lebte.

Nicht schlecht. Die Sache begann interessant zu werden.

„Mariah", rief Comet. Als Zauberin konnte Mariah sich natürlich mit allen Tieren unterhalten, angefangen von der Küchenschabe übers Wiesel bis hin zum Pferd. „Ich bin krank vor Liebe zu Aurora. Die aber lebt auf der anderen Seite des gewaltigen Silver River."

„Du musst ihr deine Liebe gestehen", riet ihm Mariah. „Aber wie denn?", fragte Comet verzweifelt.

„Erzähl mir von deiner Liebe und ich schreibe es dann für dich nieder!", bot ihm die Zauberin an, die auch ein großes Talent zur Schriftstellerin hatte.

Und so erzählte Comet Mariah von seiner großen Liebe zur schönen Aurora, von ihrer seidenweichen Mähne, ihren klugen Augen und ihrem stolzen Wesen. Das alles schrieb Mariah für ihn mit Beerensaft anstelle von Tinte auf ein Stück weiche Birkenrinde.

Als sie es ihm noch einmal vorlas, füllten sich seine Augen mit Tränen. Von so schönen Worten musste auch Aurora ergriffen sein.

Plötzlich ließ er seinen Schweif mutlos herabhängen und seine Augen weiteten sich schreckerfüllt. „Aber Aurora wird diese Worte gar nicht verstehen!", rief er aus. Obwohl er sonst ein netter Kerl war, begriff er manchmal etwas langsam.

„Mach dir deswegen keine Sorgen!", tröstete ihn Mariah. „Wenn du einen Weg findest, dass deine Angebetete diesen Brief erhält, dann werde ich sie mit einem Zauber belegen, damit sie diese Botschaft lesen kann."

„Wie ...", begann Comet, aber da war die Zauberin bereits im Nebel verschwunden.

Jenna las ihr Werk noch einmal durch und war sehr mit sich zufrieden. Aber auch Dichter werden müde, und sie war kurz davor einzunicken.

Ich muss jetzt Schluss machen, Melissa, auch wenn ich immerzu an dich in deinem Zelt am Ufer des Silver Creek denken muss. Du bist fern wie Aurora von ihrem Comet, aber in meinen Träumen bist du immer nah.

In ewiger Treue
Dein Mister X

Jenna knipste ihre Taschenlampe aus und legte den Brief unter ihr Kissen. Morgen würde sie von Sharon Satzzeichen und Rechtschreibung überprüfen lassen, und Katie musste aus dem Brief ein Pferd falten. Es würde perfekt laufen.

Am folgenden Nachmittag starrte Katie in der Sattelkammer auf die Anmeldeliste:

Silver Creek Reitstall
23. Abschlussturnier des Reitercamps
Spaß! Preise! Spaß! Wettstreit! Spaß! Lernen!
Spaß! Freunde!

„Spaß“, las Katie, als wäre es ein Fremdwort. „Für mich ist das überhaupt kein Spaß. Eher abschreckend.“

„Du hast zum Wettkampf eine völlig falsche Einstellung“, meinte Melissa und räumte eine Satteldecke auf. „Aber es ist deine Sache, wenn du nicht willst. Wir haben alle Verständnis dafür.“

„Du hast mich noch nie bei einer Prüfung erlebt, Melissa“, erklärte Katie. „Mir bricht jedesmal der kalte Angstschweiß aus. Ich bekomme Schüttelfrost und fange förmlich zu sabbern an.“

„Gar nicht wahr“, entgegnete Jenna lachend. „Ich hab dich noch nie sabbern sehen.“

„Wenn sie nicht will, dann dräng sie nicht“, riet Sharon. „Ich jedenfalls mache diesmal nicht mit.“

„Ich möchte doch nur, dass Katie einmal erlebt, wieviel Spaß das macht“, erwiderte Jenna. Außerdem werden alle da sein. Meine Eltern schließen an diesem Nachmittag extra das Restaurant, damit sie kommen können.“

Katie ergriff den Bleistift neben der Anmeldeliste. Sie überflog das Blatt, und dabei fiel ihr Blick auf einen Namen. Sie erschauerte. Matt Collier.

Sie hatte über Claires Vorschlag nachgedacht, sich bei Matt zu entschuldigen. Aber Katie hatte Angst, dass er sie nur auslachen würde, oder noch schlimmer, ungehalten werden könnte. Deshalb hielt sie es für das Beste, vorerst nicht in seine Nähe zu kommen. Auch wenn das bedeutete, dass sie Romance nicht sehen konnte.

„Es gibt noch jede Menge Turniere, wenn du bei diesem hier nicht mitmachst“, meinte Sharon freundschaftlich.

„Ja schon, aber das hier ist das Turnier, bei dem ich sämtliche Preise abräumen werde“, schwor Jenna.

„In deinem nächsten Leben vielleicht!“, meinte Melissa frech. „Ich bin sicher, Big Red und ich werden alle meilenweit hinter uns lassen.“

„Entschuldigt mich, aber während ihr zwei euch euren ausschweifenden Siegesfantasien hingebt, wartet ein Softball-Match auf mich“, warf Sharon ein.

„Auf mich nicht“, entgegnete Melissa. „Ich schau mir auf dem Großbild-Fernseher im Aufenthaltsraum das Video von unserem Sprungtraining in der letzten Woche an.“

„Das hast du dir doch erst gestern angesehen“, erwiderte Jenna. „Und vorgestern, und auch am Tag davor ...“

„Wettkampfvorbereitung“, verteidigte sich Melissa. „Alle großen Reiter sehen sich auf Video an, um ihre Fehler zu studieren.“

„Das würde ich auch, aber ich bin eben ein Naturtalent und mache alles rein instinktiv. Außerdem“, fügte Jenna grinsend hinzu, „mache ich nie Fehler.“ Sie nickte Katie zu. „Kommt noch jemand zum Softball mit?“

„Sobald ich den letzten Sattel fertig geputzt habe, gehe ich rüber ins Kunststudio“, kündigte Katie an und deutete auf ihren Skizzenblock und den Zeichenstift auf dem Boden. „Das ist weniger Schweiß treibend und hat nichts mit Wettkampf zu tun.“

Sie blieb allein in der Sattelkammer zurück und war froh, keine weiteren Diskussionen mehr mit anhören zu müssen. In letzter Zeit schien sich alles nur noch um das Abschlussturnier zu drehen. Dabei war das nur eine kleine Veranstaltung. Katie wollte sich gar nicht vorstellen, was los sein würde, wenn es sich um einen bedeutenden Wettkampf gehandelt hätte.

Nachdem der Sattel gereinigt war, stellte sie ihn auf ein Gestell und bewunderte ihr Werk. Sie räumte die Sattelseife und den Schwamm auf und griff nach ihrem Zeichenblock. Schon seit Tagen hatte sie vor, vom Stall eine Bleistiftzeichnung anzufertigen. Sie liebte all die kleinen Winkel, das alte, vergewitterte Holz und die Schatten der hohen, in der Nähe stehenden Kiefern. Das würde sicher ein reizvolles Motiv ergeben.

Sie schlug die letzte Zeichnung in ihrem Block auf. Es war ein halbfertiges Porträt von Romance. Katie hatte es schon vor einiger Zeit begonnen und aus dem Gedächtnis nach den nächtlichen Besuchen gezeichnet. Aber irgendetwas stimmte mit dem Kopf nicht. Er war eckig, obwohl er weiche Linien haben sollte. Die Ohren saßen nicht richtig und auch das Maul war nicht so wie sie es kannte.

Sie radierte das rechte Ohr aus und nahm dann den Bleistift wieder in die Hand. Es sollte mehr nach vorn gerichtet sein, einen neugierigen, interessierten Eindruck erwecken. Ja, so. Schon besser. Aber jetzt stimmte das linke Ohr überhaupt nicht mehr.

Katie radierte, korrigierte ungeduldig, versuchte es aufs Neue. Nein, das war immer noch nicht die Romance, die sie kannte.

Ohne zu überlegen, wanderte sie langsam in den Stall, schlenderte die lange Reihe der Boxen entlang, ihre Augen immer noch auf den Block geheftet. Romance stand in ihrer Box. Als sie Katie erblickte, stampfte sie mit dem Huf und wieherte zur Begrüßung.

„Hallo, meine Süße“, erwiderte Katie den Gruß aus vollem Herzen.

Was wäre, wenn Matt jetzt plötzlich ... aber nein. Es war Nachmittagspause und sie wusste, dass er in der Softball-Mannschaft der Jungs mitspielte. Sie wollte einfach einen Augenblick bei Romance sein, nur so lange, um ihre Zeichnung zu vervollständigen.

Katie huschte in die Box und Romance stupste sie mit ihrer Nase an. Katie umarmte sie lang und herzlich. Dann ließ sie sich in einer Ecke der Box auf etwas süß duftendem Heu nieder. „So, jetzt stillgestanden“, flüsterte sie, „während ich deinen Charakterkopf für die Nachwelt festhalte! Und danach bin ich auch schon weg. Ich kann nicht bleiben. Verstehst du das, mein Mädchen? Aber fass das nicht falsch auf!“

Romance kam zu ihr hinüber und versuchte an Katies Haar zu knabbern. „Lass das!“, sagte sie scharf und die Stute schien zu verstehen.

„Es tut mir echt Leid, dass ich dich nicht besucht habe“, begann Katie so leise, dass nur Romance sie hören konnte. Sie hielt den Block fest und ihre Augen schweiften zwischen der wirklichen Romance und ihrem Abbild hin und her. „Aber das heißt nicht, dass ich nicht an dich gedacht hätte, mein Mädchen. Die ganze Zeit, jede Minute.“

Romance schnaubte leise. „Bist du auch schön brav?“, fragte Katie und radierte ein Auge aus. „Kein Beißen oder andere Unarten?“ Sie sah auf, als würde sie eine Antwort erwarten, und wenn sie es nicht besser gewusst hätte, hätte sie geschworen, dass Romance sie wie ein boshaftes Kind angrinste.

Die Augen. Die stellten sich als echtes Problem heraus. Romance besaß unglaublich ausdrucksvolle und sensible Augen und Katie hatte es noch nicht annähernd geschafft, ihnen gerecht zu werden. Sie begann wie wild zu zeichnen, während Romance näher kam und ihr Porträt scheinbar kritisch betrachtete.

„Ich hab dich und Matt neulich bei der Cavaletti-Arbeit beobachtet“, fuhr Katie fort. „Gott sei Dank hat er mich nicht gesehen. Ich weiß ja, dass er manchmal etwas ausrastet, aber nimm das nicht persönlich!“ Sie seufzte. „Du bist so ein großartiges Pferd, Romance. Ich wünschte er wäre netter zu dir ...“

Plötzlich hörte sie ein Geräusch. Alarmiert blickte sie hoch, aber da war offensichtlich nichts und niemand.

Katie zeichnete weiter, umgeben von den angenehmen Stallgerüchen, dem regelmäßigen Atem von Romance und auf die Bewegungen ihres Bleistifts konzentriert.

Kapitel 9

„Ich wünschte, er wäre netter zu dir“.

Matt saß zusammengekauert vor der Boxentür neben der von Romance und dachte daran, was Katie gerade gesagt hatte. Er fühlte Wut in sich hoch steigen. Erstens hatte sich Katie überhaupt nicht in der Nähe von Romance aufzuhalten, schon gar nicht, nachdem er es ihr doch ausdrücklich verboten hatte. Und zweitens, was wusste sie schon von seinen Gefühlen? Er liebte Romance, und zwar schon immer. Dass er sie ins Camp mitgenommen hatte, war doch der allerbeste Beweis dafür.

Die beiden hatten am Morgen eine weitere miserable Unterrichtsstunde hinter sich gebracht: Verweigern, Stangenabwürfe und katastrophale Sprünge. Natürlich war er wieder wütend auf Romance geworden. Wer wäre das nicht nach dem dritten Abwurf einer niedrigen Querstange?

Das Softball-Match hatte er früher verlassen, um in den Stall zu kommen und sich mit ihr zu versöhnen. Aber nicht, weil er sich entschuldigen müsste, wohlgemerkt. Romance war das Problem. Er war der Mensch und sie nur das Pferd. Und da sich schließlich jemand entschuldigen musste, lag es nun an ihm, das Versäumte nachzuholen, da ja nur er sprechen konnte.

Zumindest hatte Matt sich das so gedacht, bis er eine süße Mädchenstimme aus Richtung der Box von Romance gehört hatte. Er war näher herangeschlichen, hatte die Ohren gespitzt und war überrascht Katie Anderson hier zu erblicken. Sie saß auf dem Boden und war mit einem Zeichenblock beschäftigt, und eine ganz ruhige Romance kaute zufrieden Heu aus ihrer Raufe.

Wirklich seltsam war, dass sich Romance bei Katie wie ein richtiger Engel benahm. Ruhig, artig, zufrieden ... alles fremde Begriffe im Zusammenhang mit Romance, dem vierbeinigen Schrecken von Silver Creek.

„Du bist ja so ein braves Mädchen, Romance“, murmelte Katie mit singender Stimme.

Vorsichtig spähte Matt über die Tür der Box. Katie zeichnete noch immer, schien bis auf ihre Zeichnung und Romance alles um sich herum vergessen zu haben. „Warum kannst du nicht immer so brav sein? Du brauchst offensichtlich jemand, der dich versteht, oder?“

Gute Frage, dachte Matt verdrossen. Warum verhielt sich Romance nur bei Katie so brav? Warum hatte Katie sie neulich beruhigen können, als Romance im Stall durchgedreht war?

„Ich habe über das Abschlussturnier nachgedacht“, fuhr Katie fort.

Matt duckte sich wieder. Seltsam. Es war sein Pferd, er hatte diese Box gemietet. Er hatte sogar Katie verboten, hierher zu kommen. Aber irgendwie fühlte er sich wie ein Eindringling, ein Lauscher an der Wand bei diesem Gespräch. Katie schien eher hierher zu gehören als er.

„Schau! Die Sache ist die: Ich mach mir nun mal nichts aus Wettkämpfen“, erklärte Katie weiter. „Ich erstarre da geradezu, verstehst du?“

Langsam richtete sich Matt wieder auf, so dass er über die Tür hinweg Katie und Romance gerade noch sehen konnte.

„Alle laden ihre Familien ein, aber das würde mich nur noch nervöser machen“, fuhr Katie fort und kaute an ihrem Bleistift. Romance schnaubte verächtlich. „Du hast leicht reden“, entgegnete Katie.

„Ich weiß, was du meinst“, platzte da Matt heraus.

Katie blickte erschrocken auf. „Matt! Ich weiß, was du jetzt denkst, aber ich wollte einfach nur ..."

„Schon in Ordnung", unterbrach Matt sie. „Bleib ruhig hier! Ich meine ...", er nickt dabei in Richtung Romance, „sieh sie dir doch bloß mal an! Sie scheint sich richtig zu freuen, dass du da bist."

Langsam ging Matt in die Box hinein und verriegelte die Tür hinter sich. „So", forderte er Katie dann auf und stemmte seine Hände in die Hüften. „Nun verrate mir mal dein Geheimnis!"

„Mein ... was?"

„Glaub mir! Ich wollte dir nicht nachspionieren", versicherte ihr Matt.

„Aber eigentlich sollte ich doch gar nicht hier sein", entgegnete Katie mit feuerrotem Kopf.

„Ich weiß nicht." Matt strich mit seiner Hand den kräftigen Hals von Romance entlang. „Vielleicht doch. Vielleicht solltest du hier sein, nicht ich. Also, was ist nun dein Geheimnis, du Wundertäterin? Spezielle Zuckerwürfel? Nein, jetzt weiß ich es. Du hast die echte Romance entführt und das hier ist nur eine erstaunlich naturgetreue Kopie."

„Nein, das ist die echte Romance. Ganz sicher."

Katie lachte etwas nervös, dachte Matt. Er fragte sich, warum er sie nervös machte. War sein Ausbruch neulich wirklich so schlimm gewesen?

„Hör mal, ich glaube, ich sollte dir etwas erklären", fing Katie an. „Es tut mir Leid ..."

„Schon gut, vielleicht haben wir beide einen Fehler gemacht", warf Matt ein. Ich vielleicht sogar einen größeren, fügte er für sich hinzu. „Vergessen wir doch einfach, was passiert ist und fangen wir noch einmal von vorne an! Einverstanden?"

Katie nickte zustimmend. Sie schlug ihren Zeichenblock zu, stand auf und klopfte sich das Heu ab.

„Ich nehme ... nicht an, dass ich mal einen Blick darauf werfen darf?“

Katie zuckte die Schultern. „Ich glaube schon. Schließlich gehört das Modell ja dir.“ Sie schlug ein Blatt auf und reichte ihm den Block.

Erstaunlich. Da blickte ihm leibhaftig Romance entgegen. „Das ist sie“, stieß er hervor. „Ganz genau, das ist sie.“

„Bei den Augen bin ich mir noch nicht ganz sicher“, entgegnete Katie und betrachtete kritisch die Zeichnung.

„Eines stimmt aber nicht so recht.“

„Was?“, fragte Katie verunsichert. „Es stimmt einiges nicht. Ich bin schließlich kein Michelangelo ...“

Matt deutete auf das Blatt. „Sieh mal! Ich weiß nicht ... sie sieht darauf so glücklich aus.“

Katies Blick wanderte von der Stute zur Zeichnung und zurück.

„Nein, das stimmt schon“, meinte sie jetzt selbstsicher.

„Ja, bei dir vielleicht.“ Matt ließ sich gegen die Boxenwand sinken.

„Wenn ich mit ihr zusammen bin, sehe ich nur Verdruss in ihren Augen. Wir sind wie Feuer und Wasser. Ich bin überzeugt davon, sie überlegt sich schon eine Möglichkeit, wie sich mich beim Abschlussturnier geradewegs vom Parcours auf den Misthaufen abwerfen kann. Das klingt doch vielversprechend, oder?“

Katie lächelte. Sie hatte so ein offenes, süßes Lächeln, das man sich einfach wohlfühlen musste.

Genug jetzt, Matt, sagte er sich. Warum redete er so mit einer Fremden, noch dazu mit einer, die er erst vor ein paar Tagen ganz schön angeschnauzt hatte?

„Ich bin sicher, sie wird sich anständig benehmen“, meinte Katie und kraulte mit ihrer freien Hand Romance unter dem Kinn. „Das tust du doch, Romance?“

Die Stute seufzte zufrieden mit einem seligen Ausdruck in

den Augen. Matt fühlte vor Eifersucht einen schmerzhaften Stich in der Brust. In seiner Gegenwart wirkte Romance nie so entspannt.

„Mag ja sein, dass sie sich jetzt ganz artig benimmt“, gab er zu und beobachtete die beiden. „Bei unserem letzten Turnier sind wir beim Springen Zweite geworden. Als wir unsere Trophäe in Empfang nahmen, schaute Romance einem der Preisrichter direkt in die Augen und biss ihn dann in den Finger. Das Gesicht von dem Kerl hättest du sehen sollen.“

Katie kicherte. „Wundert mich, dass sie euch beide nicht disqualifiziert haben.“

„Klar, du findest das lustig ...“ Matt unterbrach sich. „Na ja, ein bisschen amüsant fand ich es auch. Trotzdem. Ich kann dir gar nicht sagen, wie wütend ich an diesem Tag auf Romance war. Ich hab sie zum Teufel gewünscht. Das war nicht das erste Mal, dass sie mich in solche Schwierigkeiten gebracht hat. Vor einiger Zeit hat sie in meinem Reitstall ein Kind gebissen. Meine Eltern haben daraufhin ernsthaft überlegt, ob wir sie verkaufen sollten.“ Er seufzte. „Das ist einer der Gründe, warum wir zu diesem Kurs nach Silver Creek gekommen sind. Ich hatte gehofft, dass sie in einer neuen Umgebung lernen würde ihr Temperament zu zügeln.“

Katie lächelte erneut, aber es wirkte dieses Mal irgendwie geheimnisvoll. „Was ist?“, fragte Matt.

„Ach nichts“, antwortete sie etwas unsicher. „Ich dachte gerade, dass Romance nicht die Einzige mit so einem Naturell ist.“

„Meinst du mich?“

„Sag jetzt bloß nicht, ich bin die Erste, die dich darauf aufmerksam macht!“

„Nein.“ Matt musste unwillkürlich lächeln. „Du bist nur die Erste, die mir das so offen sagt.“ Er zuckte mit den Schultern. „Ich weiß. Du hast Recht. Irgendwie ist es verrückt. Mit mir und dieser Stute endet immer alles mit Temperamentsausbrüchen. Bei meinem Bruder Alec, diesem Mister Lässig, und seinem Wallach läuft immer alles ganz friedlich. Schon komisch, oder?"

„Vielleicht auch nicht", meinte Katie nachdenklich. „Vielleicht färbt das ab, womit man umgeht."

Matt wandte den Blick ab. „Du meinst also, ich verdiene es nicht anders?"

„Ich meine, dass möglicherweise ein Zusammenhang zwischen dem schlechten Benehmen von Romance und deinem Verhalten besteht. Könnte doch sein. Tiere reagieren oft sehr empfindlich auf die Stimmung ihres Besitzers. Und lass dir das von einem deiner Opfer sagen! Du kannst manchmal ganz schön einschüchternd sein, Matt."

Er verschränkte die Arme vor der Brust und überlegte. „Ich weiß nicht. Ich bezweifle, dass es da einen Zusammenhang gibt. Romance und ich kennen uns doch schon seit Jahren. Sie ist an mein Temperament gewöhnt."

„Ja, wahrscheinlich ist das gerade das Problem. Es könnte doch sein, dass sie deshalb in meiner Anwesenheit viel ruhiger ist."

„Ja, das heißt doch, dass jemand, der Romance ihre Unarten austreiben kann, vielleicht auch bei mir ein Wunder vollbringen kann."

Katie griff nach der Verriegelung der Boxentür. „Gut. Ich mag ja so manches Wunder vollbringen", stimmte sie ihm zu, „aber auch mir sind Grenzen gesetzt."

Matt blickte ihr lachend nach. Dann ließ er sich dort nieder, wo Katie gesessen hatte, und im Stillen wünschte er sich, auf Romance den gleichen Einfluss wie Katie zu haben.

Claire kontrollierte die Anhängerkupplung zwischen Pferdetransporter und Lastwagen. „Sind alle bereit für die große Wiedervereinigung?", fragte sie und wischte sich die Hände sauber.

Gary und Margaret standen bei Katie. „Ich hoffe, das funktioniert“, meinte Gary kopfschüttelnd. „Also ganz ehrlich, ich habe da so meine Zweifel.“

„Wo ist dein Sinn für Romantik?“, tadelte ihn Margaret.

„Ich bin so romantisch wie jeder andere auch“, entgegnete Gary und küsste sein Frau auf die Wange. „Aber das hier ist doch nur eine Theorie. Ich bin in erster Linie Arzt und als solcher glaube ich an wissenschaftliche Methoden. Warten wir doch erst mal den Beweis für eure Theorie ab.“

„Da wir gerade von Theorien reden“, schaltete sich Katie ein, „da ist noch etwas, das ich dich fragen wollte, Margaret. Eine weitere Theorie zum Verhalten von Pferden.“ Seit ihrer Begegnung mit Matt am frühen Nachmittag hatte Katie über diese Unterhaltung nachgedacht. War es möglich, dass es wirklich einen Zusammenhang zwischen Matts Temperament und dem schlechten Benehmen von Romance gab?

„Nur zu, frag!“, forderte Margaret sie auf, aber in diesem Augenblick erhielt Katie ein Zeichen von Sharon.

„Okay, Katie, laden wir erst mal Blooper ein!“, wies Sharon sie an.

Katie führte ihn zur Rampe. Er war der absolute Profi von Silver Creek was das Fahren im Transporter anging. Da Luna erst ein paar mal in einem Transporter gefahren war und sich in letzter Zeit sehr unkooperativ verhielt, hatte Claire vorgeschlagen, dass Luna erst mal beim Ver- und Entladen eines anderen Pferdes zusehen sollte. Damit wollte man ihr zeigen, dass ihr vom Transporter keine Gefahr drohte.

Katie führte Blooper in den Anhänger und ließ ihn etwas vom Hafer fressen, den Jenna als Belohnung für seine Mitarbeit dort hingestellt hatte.

„Ich wünschte, das wäre mit Romance auch so einfach.“

Katie schaute aus dem Seitenfenster und sah zu ihrer Überraschung, wie Matt genau in diesem Moment in den Transporter hineinspähte. Sie hatte eben an ihn gedacht. „Matt!“, rief sie. „Ich wollte gerade ...“ Sie fühlte wie ihr Gesicht brannte. „Ich wollte Margaret zu dem Problem befragen, über das wir uns heute unterhalten haben.“

„Meinst du die große Temperaments-Theorie?“

Katie führte Blooper vorsichtig wieder aus dem Transporter heraus. „Gut gemacht, mein Freund“, lobte und tätschelte sie ihn, nachdem er die Rampe verlassen hatte. „Du bist ein echter Profi.“ Sie wandte sich an Luna. „Hast du gesehen, Luna? Ist doch nicht schwer.“

Luna schnaubte. „Ich bin nicht sicher, ob sie's kapiert hat“, zweifelte Sharon.

Katie machte mit Blooper den Weg frei, und Gary, Matt, Margaret und Melissa stellten sich zu beiden Seiten der Rampe auf. Sie wollten verhindern, dass Luna von der Rampe floh, falls sie es sich noch einmal anders überlegen sollte. Jenna holte den Eimer mit dem Hafer heraus und ließ Luna daran schnuppern. Aber die Stute zeigte nicht das mindeste Interesse.

„Es wäre vielleicht hilfreich, wenn sie Appetit hätte“, klagte Sharon. Sie führte Luna an den Rand der Rampe und sah Jenna zu, wie sie den Hafereimer in den Wagen zurückbrachte. Dann überreichte Sharon Claire den Führstrick, da es für sie zu schwer war, die Steigung der Rampe zu bewältigen.

„Komm schon, mein Mädchen!“, versuchte Sharon Luna anzuspornen. „Wir fahren zu Joker, Luna. Wahre Liebe, Bussi-Bussi und der ganze Schmus.“ Sharon ahmte schmatzende Kussgeräusche nach. Aber Luna blickte sie nur verächtlich an.

„Komm jetzt, Luna!“, lockte sie nun Claire und führte sie zur Rampe. „Sei ein braves Mädchen!“

Zur Überraschung aller kletterte Luna in den Transporter, ohne auch nur das geringste Theater zu machen. Sie schien zwar nicht besonders erfreut zu sein, scheute aber auch nicht.

„Gut gemacht, Leute“, lobte Claire, als sie Luna im Anhänger festband. „Dann machen wir uns also auf den Weg“, rief Claire und klappte mit Matt die Rampe hoch. „Alles einsteigen, bitte."

„Ich muss nur noch Blooper in den Stall bringen", warf Katie ein. „Wartet bitte noch einen Moment ..."

„Ich mach das für dich." Matt trat neben sie und nahm ihr den Führstrick aus der Hand. Katie war sprachlos.

„Hast du dir das auch genau überlegt, ihn an dein Pferd ranzulassen?", fragte Jenna sarkastisch.

„Matt und ich haben uns da was überlegt. Ich erklär's euch später", sagte Katie zu ihren überraschten Freundinnen.

„Aber ich will jetzt wissen ...", ließ Jenna nicht locker.

Margaret lachte, als Melissa die protestierende Jenna mit sich zog. „So, Katie, was wolltest du mich vorhin fragen? Etwas über irgendeine Theorie?"

„Also, eigentlich ist es gar keine Theorie", begann Katie und fühlte sich plötzlich etwas gehemmt. „Es ist nur so, dass Matt und ich uns gefragt haben, ob sein ... also ..."

„Mein etwas lebhaftes Temperament", ergänzte Matt leicht belustigt. „Also, nach unserer Theorie haben die Unarten von Romance vielleicht etwas mit meinen Launen zu tun. Was meinen Sie dazu?"

„Hm", sinnierte Margaret und tippte sich mit einem Finger ans Kinn. „Ich halte das durchaus für möglich, vorausgesetzt, dass nur du sie in all den Jahren geritten hast. Nicht sehr wahrscheinlich zwar, aber immerhin möglich."

„Du musst versuchen, zuerst mal dein Temperament zu zügeln und abwarten, was dann passiert", schlug Katie freundlich vor.

„Wenn Romance wirklich auf deine Launen reagiert, dann wird sie auch ruhiger werden, wenn du ausgeglichener bist", erläuterte Margaret.

Matt stöhnte auf. „Hat euch meine Mutter diesen Tipp gegeben? Als Nächstes erzählt ihr mir noch, dass wir jeden Sprung fehlerfrei bewältigen können, wenn ich nur regelmäßig mein

Zimmer aufräume“, brachte er Katie und Margaret zum Lachen.

Claire hupte ungeduldig. „Alles einsteigen, der Liebes-Express fährt gleich ab!“

„Ich muss gehen“, sagte Katie. „Danke, dass du dich um Blooper kümmerst.“

„Viel Glück bei eurem Experiment“, wünschte Margaret.

„Bei welchem?“, fragte Katie. „Bei dem mit den Pferden?“ Sie lächelte Matt zu. „Oder dem mit dem Menschen?“

Kapitel 10

Claire steuerte den Wagen mit dem Pferdeanhänger langsam die Zufahrt von Silver Creek hinunter.

„Also, was war jetzt mit dir und Matt?", drängte Jenna.

Katie wand sich auf ihrem Sitz. „Ich war gerade dabei, Romance zu zeichnen ..."

„Du bist wieder in den Stall, obwohl Matt dir das verboten hat?", fiel ihr Jenna ins Wort.

„Es war ja nicht in der Nacht", verteidigte sich Katie mit einem Seitenblick auf Claire, „sondern ganz zufällig heute Nachmittag, als ich zum Kunstkurs wollte. Und um es kurz zu machen: Matt ist gar kein so großes Scheusal. Das war's." Sie verschränkte ihre Arme.

„Vielen Dank, dass du uns dein Herz so ausgeschüttet hast und so viele Details ...", meinte Sharon ironisch.

„Das da vorne links ist schon die Parham-Ranch", unterbrach Claire das Gespräch.

Sie fuhren an dem Ranchgebäude vorbei in Richtung Weide. Ein schwarzhaariger Mann mit einem Sattel auf dem Arm nickte ihnen zu. Claire hielt an und kurbelte das Fenster herunter.

„Ich nehmen an, Sie sind die Leute mit der liebeskranken jungen Stute", begrüßte der Mann sie mit verschmitztem Lächeln.

„Na ja, ganz sicher sind wir uns da nocht nicht. Kann sein, dass wir uns getäuscht haben", erklärte ihm Claire. „Ich bin Claire Donovan und das hier sind Sharon, Katie, Jenna und Melissa."

„Und ich bin Hank Parham. Dort drüben an der Heuraufe, das ist Joker“, sagte der Mann. „Laden Sie doch schon mal das Pferd aus, und ich hol ihn rüber!“

Während sie Luna ausluden, kam ein etwa siebenjähriger Junge aus dem Haus gerannt.

„Ich bin Cory“, stellte er sich vor. „Seid ihr das, die glauben, eure Stute hat sich in Joker verliebt?“, fragte der Junge skeptisch.

Die Mädchen lächelten verlegen und zuckten mit den Achseln. Mister Parham kam mit Joker am Führstrick, einem gepflegten, eleganten Braunen mit einer Spur Übermut in seinem Blick, auf sie zu.

„Schau, Luna!“, sagte Sharon. „Da ist Joker.“ Luna starrte in die entgegengesetzte Richtung auf ein herumtollenden Hund.

„Vergiss den Hund, Luna!“, forderte Sharon sie auf und drückte ihren Kopf sanft in Richtung der Koppel. „Wir sind hier, um deinen Liebling zu besuchen.“

„Warum führst du sie nicht in die Koppel und überlässt alles andere einfach der Natur?“, schlug Claire vor.

Sharon nickte. Sie ging Luna voran, die ihr ohne allzu große Begeisterung zur Koppel folgte. Sharon öffnete das Gatter und führte sie hinein.

Luna schaute von einem Büschel Gras hoch und blickte auf den näher kommenden Wallach. Sie spielte mit den Ohren und blähte die Nüstern.

„Sie hat ihn gesehen“, stellte Katie fest.

„Aufgepasst“, rief Mister Parham. „Hier kommt er.“ Er ließ Joker frei und trat zurück.

Joker schnupperte, stampfte mit den Hufen, um Eindruck zu machen und stieß dann ein Wiehern aus.

„War das jetzt ein ‚Lange-nicht-gesehen‘-Wiehern“, flüsterte Jenna, „oder ein ‚Was-machst-du-auf-meinem-Territorium‘-Wiehern?“

Joker näherte sich Luna argwöhnisch, umkreiste sie in einem großen Bogen und warf dabei von Zeit zu Zeit seinen Kopf. Luna betrachtete ihn mit gelangweiltem, uninteressiertem Blick. Sie beschnupperten sich versuchsweise, dann schnaubte Luna ziemlich verächtlich.

Joker fühlte sich dadurch eindeutig beleidigt, stieß ein trotziges, kreischendes Wiehern aus und galoppierte in die entfernte Ecke der Koppel.

„Haha!“, lachte Cory. „Die sind kein bisschen verliebt!“

Sharon ging zu Luna rüber und seufzte enttäuscht: „So viel Mühe für die wahre Liebe. Hat sonst noch jemand so einen tollen Vorschlag?“

„Ich geb's nur ungern zu, aber ich glaube allmählich, dass Jennas Plan tatsächlich funktioniert“, gestand Sharon an diesem Abend beim Essen.

„Einfach perfekt“, begeisterte sich Jenna triumphierend und nahm einen Löffel von ihrem Bananenpudding. „Genau wie ich es vorhergesagt habe.“

Sharon schüttelte den Kopf. „Wenigstens funktioniert zumindest ein Plan“, murmelte sie und dachte an den Flopp mit Lunas Verliebtheits-Theorie.

„Weißt du, ich bin mir nicht so sicher, dass du mit Melissa Recht hast“, bemerkte Katie zweifelnd. „Immerhin ist sie ganz schön clever.“

„Nicht so laut“, zischte Jenna. „Sie kann jeden Augenblick hier auftauchen.“

„Wo ist sie denn überhaupt hin“, erkundigte sich Sharon.

„Rose fährt morgen in die Stadt, um die Plakate von unserem Abschlussturnier auszuhängen. Melissa wollte sie bitten, einige Filme zum Entwickeln in der Drogerie abzugeben“, erläuterte Jenna.

„Ich kann einfach nicht kapieren, warum hier so viel Theater um das Abschlussturnier gemacht wird“, beschwerte sich Katie. „Schon schlimm genug, dass auch Familienangehörige kommen. Aber muss denn gleich der ganze Staat dabei sein?“

„Ich find es eine tolle Sache, die Leute vom Ort einzuladen“, wandte Jenna ein. „Übrigens“, sie stieß Sharon an, „wusstest du schon, dass Katie eines der Superplakate gezeichnet hat? Ihre Familie wird wahnsinnig stolz auf sie sein, wenn sie das sieht.“

„Also, ich glaub nicht mal, dass sie überhaupt kommen werden“, entgegnete Katie. „Warum soll ich mir darüber den Kopf zerbrechen, wenn ich sowieso nicht mitmache?“

Jenna schaute genervt zur Decke hoch. So sehr sie sich auch bemühte, ihre beste Freundin zu ermutigen, so stur konnte Katie manchmal sein. „Ich wünschte, du würdest mir glauben, Katie. Mit meinem Plan für Melissa hatte ich doch auch Recht, oder etwa nicht?“

„Ich halte mich mit einem Urteil zurück“, meinte Katie. „Ach, da fällt mir gerade etwas ein. Hier habe ich den Brief.“ Sie blickte über ihre Schulter und reichte dann die zu einem Pferd gefaltete Nachricht über den Tisch.

Jenna sah sich den Brief an und steckte ihn in ihre Tasche. „Schöne Arbeit. Dieser Kurs im Papierfalten in Kunsterziehung hat sich wirklich gelohnt. Was haltet ihr denn von meiner Geschichte?“

„Ich habe Tränen vergossen“, gestand Sharon.

„Wirklich? Ist ja auch sehr romantisch, oder?“

„Nein, nicht deswegen. Ich musste so lachen, dass mir die Tränen kamen. Ich wette, Melissa wird sich auch darüber kaputt lachen“, grinste Sharon.

„Seid still“, zischte Katie. „Sie kommt.“

„Na“, fragte Jenna Melissa, „hast du Rose deine Filme gegeben?“

„Ja“, antwortete Melissa und ließ sich mit einem Plumps neben Katie nieder.

„Was ist eigentlich auf den Filmen?“, erkundigte sich Sharon.

„Ach, eine ganze Menge vom Camp. Zum Beispiel Aufnahmen vom ersten Tag, als Jenna auf einem Häufchen von Mischief ausgerutscht ist.“

„Davon hätte ich gern ein Poster“, wünschte sich Sharon kichernd.

„Ich will, dass das Negativ davon vernichtet wird. Verstanden?“, forderte Jenna sie auf.

„Und Aufnahmen von unserer Nachttour. Ich habe einige schöne Schnappschüsse von den Pferden draußen auf der Koppel gemacht. Ich hoffe, die werden gut. Auf einem der ersten Filme sind auch noch ein paar Aufnahmen von zu Hause.“ Melissa machte eine Pause. „Ihr wisst schon. Von Freunden und natürlich auch von Marcus.“

Jenna sah die anderen an. Keine sagte ein Wort.

„Dir scheint es ... besser zu gehen“, begann schließlich Katie vorsichtig. „Ich meine die Sache mit Marcus.“

Melissa starrte vor sich hin. „Zuerst dachte ich, ich komme nicht drüber hinweg“, gestand sie. „Aber ich hab dann eingesehen, dass ich auch noch an anderes denken muss. Das Abschlussturnier. Freundinnen.“ Sie lächelte wehmütig. „An verschiedene Dinge halt.“

Jenna grinste zufrieden. „Ich hab’s euch ja gesagt“, flüsterte sie.

Das Telefon in der Sattelkammer durfte nur in Notfällen benutzt werden. Es war sozusagen bei Todesstrafe verboten, eine andere Nummer als die von Gary, vom Krankenhaus oder von der Polizei und Feuerwehr anzurufen.

Nun gab es aber solche Notfälle und andere. Und Claire hatte zugestimmt, dass die Trennung von einem Freund als Notfall einzustufen sei.

Melissa wählte Marcus’ Nummer – und beim ersten Läuten

legte sie auf. Na, großartig, Mel! Vielleicht sollte sie ein anderes Mal anrufen. Wenn sie es gleich noch mal versuchen würde, dann wüsste er sofort, dass sie es gewesen war, die gerade eben aufgelegt hatte. Nein, sagte sie sich mit Entschlossenheit. Die Gelegenheit jetzt war so gut wie jede andere auch. Melissa versuchte es ein zweites Mal. Ihr Zeigefinger zitterte leicht, als sie die Nummer wählte.

Nach dem zweiten Läuten nahm er ab. „Hallo."

Melissa öffnete den Mund, aber sie brachte kein Wort heraus.

„Hallo." Lange Pause. „Sprechen Sie doch bitte ..."

„Hallo." Melissa war über ihre eigene Stimme überrascht. „Marcus, ich bin es."

„Lissa?", fragte er mit sanfter Stimme. „Ich nehme an du hast meinen ..."

„Ja, hab ich bekommen. Danke. Übrigens, Freunde schreibt man mit eu und nicht mit oi."

„Im Rechtschreiben war ich schon immer eine Niete."

Beide räusperten sich verlegen. Plötzlich hatte Melissa den Grund ihres Anrufes vergessen. Wie peinlich! Er würde sicher die falschen Schlüsse ziehen.

„Störe ich?", fragte sie, um Zeit zu gewinnen.

„Todd und ich wollten gerade ein kleines Streetball-Match in der Einfahrt machen."

Todd war Marcus bester Freund. „Ich erinnere mich, dass er einen verdammt guten Korbwurf draufhat", sagte sie. Das Lachen von Marcus schnürte ihr die Kehle zu.

„Wie geht's im Camp? Kommst du mit den Mädels in deinem Zelt klar?"

„Anfangs hab ich nicht geglaubt, dass ich das schaffen würde, aber ich mag sie mittlerweile sehr gern. Wir sind jetzt richtig gute Freundinnen geworden. Und die Betreuer sind Klasse. Wir haben bald das Abschlussturnier. Ich hab dir doch schon davon geschrieben."

„Du wirst sicher super sein. Zeig ihnen mit Black Beauty was ihr drauf habt!"

„Big Red."

„Ja, das habe ich gemeint." Lange Pause. „Und?"

„Nun", begann Melissa und nahm all ihren Mut zusammen. „Ich hab dich angerufen weil ..."

„Hör mal, Lissa, ich, also ... es tut mir echt Leid. Wirklich. Ich meine, ich empfinde immer noch viel für dich. Manchmal vermisse ich dich so sehr, dass es mir direkt weh tut. Es ist halt nur, dass du jetzt so weit weg bist und ich meine ... Mensch, ich weiß auch nicht, was ich sagen soll."

Melissa lachte unwillkürlich. „Das ist ein bisschen wenig."

„Das ist für mich eine ganz neue Erfahrung."

„Für mich auch", entgegnete sie. „Mir sind die Regeln für so einen Fall noch nicht vertraut. Ich nehme an, ich muss jetzt furchtbar wütend auf dich sein, alle Fotos von dir zerreißen und mir im Radio irgendwelche sentimentale Songs anhören."

„Ich hab gerade MTV eingeschaltet, aber da läuft eine Heavy-Metal-Nummer. Zählt das auch?"

„Nein. Abgesehen davon verlässt ja du mich und nicht ich dich." Melissa atmete tief durch. Seltsam. Es war so wie immer, wenn sie mit Marcus sprach. Aber wie konnte das sein, wo sich doch so viel geändert hatte?

„Hör mal, Marcus, ich hab dich angerufen, weil ich viel über deinen Brief nachgedacht habe. Die Sache ist die, ich weiß es klingt verrückt, aber heute abend gab es Bananenpudding zum Nachtisch." Sie zögerte. „Und ich musste ständig an das Mittagessen letztes Jahr in der Cafeteria denken, als Todd das Hörgerät von Frau Lurvey in seinem Pudding fand, erinnerst du dich?"

„Er hat es nicht einfach gefunden", ergänzte Marcus lachend. „Er hätte es beinahe verschluckt."

„Ich erinnerte mich also an diese Geschichte und ich wollte mit jemandem darüber lachen. Logischerweise kannst du als

Einziger nicht dieser Jemand sein, weil schließlich du mich verlassen hast und nicht ich dich ..."

„Kannst du schon. Wir werden immer Freunde bleiben, Lissa. Wir waren Freunde, bevor wir miteinander gegangen sind, und können auch jetzt noch weiter befreundet sein." Er räusperte sich. „Das heißt natürlich nur, wenn du willst."

„Ja, das will ich. Aber bitte keine handgeschriebenen Briefe mehr, einverstanden? Du musst die Rechtschreibhilfe auf deinem Computer anwenden."

„Lissa?"

„Ja?"

„Es hat mich gefreut, dass du angerufen hast."

„Mich auch."

„Viel Glück mit Black Beauty."

„Big Red."

„Natürlich, hab ich auch gemeint."

Melissa legte auf und lächelte. Black Beauty. Marcus hatte ihrer Leidenschaft fürs Reiten nie viel Beachtung geschenkt. Vielleicht waren sie nicht gerade das ideale Paar. Das hatte sie sich immer schon gedacht. Und doch war sie froh, dass sie angerufen hatte. Auch, dass sie ihn auf das PS in seinem Brief angesprochen hatte.

Guter, alter Marcus. Miserabel im Rechtschreiben, macht sich nichts aus Pferden und hat einen furchtbar schlechten Geschmack bei der Auswahl neuer Freundinnen.

Die Geschichte mit dem Hörgerät im Pudding hatte er jedoch nicht vergessen. Und das musste doch irgendeine Bedeutung haben.

Kapitel 11

„Ruhig, ganz ruhig!"

Matt dreht sich schwerfällig um. Etwa in der Mitte des Ganges stand Katie gegen eine Boxentür gelehnt und beobachtete ihn, wie er sich abmühte, die Hufe von Romance zu reinigen. Jedesmal wenn er ansetzte, ihren rechten Vorderhuf mit einem Hufkratzer zu säubern, versuchte Romance ihn zu zwicken. Und jedesmal wenn sie ihn zu zwicken versuchte, schimpfte er mit ihr.

Matt stellte frustriert ihren Fuß auf den Boden. „So macht sie das immer", beklagte er sich und wischte sich den Schweiß von der Stirn. „Wie lange siehst du uns schon zu?"

„Lange genug, um etwas zu erkennen", antwortete Katie, als sie auf die beiden zukam. „Du schreist Romance an, wenn du wütend auf sie bist. Aber schon im nächsten Augenblick hast du deswegen ein schlechtes Gewissen und versuchst gleich wieder nett zu ihr zu sein."

„Ja, das stimmt so ungefähr", gab Matt zu. „Vermutlich willst du damit sagen, dass das nicht gerade der beste Weg ist, das Problem zu lösen?"

„Ja, denn Tiere brauchen Beständigkeit", erklärte ihm Katie ruhig. „Ich hab das beim Großziehen meiner Tiere zu Hause gelernt."

„Du hast sicher eine Menge?"

„Zigtausende."

„Ich habe nur Romance. Sie ist alles, womit ich mich beschäftigen kann."

„Ich hab mir das Problem noch einmal durch den Kopf

gehen lassen, über das wir gestern mit Margaret gesprochen haben", meinte daraufhin Katie.

„Hast du?" Matt konnte die Überraschung in seiner Stimme kaum verbergen. Wenn Katie über ihr gemeinsames Gespräch nachgedacht hatte, dann hieß das wohl auch, dass sie sich über ihn Gedanken gemacht hatte. Oder bildete er sich das nur ein? Warum sollte ein so charmantes und gescheites Mädchen wie sie an ihm interessiert sein, einem launenhaften Typen, der es fertigbrachte sich wie ein kompletter Idiot aufzuführen, wann immer sie in der Nähe war?

Katie fuhr mit den Fingern durch die Mähne von Romance. „Eigentlich bin ich da auch keine Expertin. Aber ich glaube, als Erstes musst du dich mal selbst beobachten, um herauszufinden, was dich immer so auf die Palme bringt."

Matt warf den Hufkratzer in den Kasten mit dem Putzzeug. „Also, zunächst einmal macht mich mein Temperament wütend. Ich weiß, das klingt verrückt. Aber ich bin schon wütend auf mich, dass ich wütend werde, und das macht mich noch wütender ... du verstehst schon, was ich meine." Er seufzte. „Ich bin wahrscheinlich ein hoffnungsloser Fall. Ich bin eben nicht der Sanftmütigste in unserer Familie. Alec schon. Alec, mein sanfter, Trophäen sammelnder, älterer Bruder, der auch noch einen sanften, Trophäen sammelnden Wallach besitzt. Während ich hier eine Beißerin habe."

Katie griff nach einem Striegel und begann Romance mit leichten, kreisförmigen Bewegungen zu bürsten. Sie lächelte, sagte aber nichts.

„Ich weiß, ich weiß", fuhr Matt fort. „Es gibt da einen Zusammenhang. Vielleicht. Ich muss allerdings zugeben, dass mich diese Theorie nicht so ganz überzeugt."

„Du weißt doch, was man über Leute sagt, die wie ihre Lieblingstiere aussehen", entgegnete Katie. „Ist es nicht möglich, dass sie sich dann auch so verhalten? Und umgekehrt?" Das Lachen über ihre Worte klang schüchtern und melodisch.

„Allerdings, wenn Leute wie ihre Lieblingstiere aussehen, dann habe ich da ein echtes Problem. Du solltest mal Beauty sehen. Das ist so ein richtig alter Köter."

„Du bist sicher viel hübscher." Matt stöhnte innerlich. Es sollte wie ein nettes Kompliment klingen. Statt dessen hatte er das Gefühl, sich wie ein schüchterner, kleiner Schuljunge anzuhören.

Aber Katie errötete, als ob sie verstanden hätte, was er gemeint hatte. „Wie alt ist Alec eigentlich?", fragte sie.

„Sechzehn."

„Ich habe einen Bruder und zwei Schwestern, alle älter als ich", erzählte Katie. „Alle sehr gescheit. Ich glaube manchmal, dass ich vielleicht adoptiert worden bin."

„Das ist ja lustig. Ich bin überzeugt davon, dass Alec adoptiert wurde", meinte Matt lachend. „Manchmal frage ich mich, ob ich deshalb ..." Er hielt inne. Er war schon wieder dabei, diesem Mädchen, das er kaum kannte, sein Herz auszuschütten. Aber es lag so etwas in ihrem Blick, als ob sie wirklich verstehen würde ... Wahrscheinlich dachte sie jetzt, er sei völlig verrückt geworden.

„Was wolltest du gerade sagen?", fragte ihn Katie und ging auf die andere Seite von Romance.

Matt zögerte. „Schon erstaunlich", versuchte er das Thema zu wechseln. „Sie ist nie so ruhig, wenn ich sie putze. Bei mir zappelt sie ständig herum."

„Das ist zwar ein geschickter Versuch, meiner Frage auszuweichen, aber so leicht kommst du mir nicht davon."

„Was?", fragte Matt mit gespielter Unschuld.

„Ich möchte wissen, was du gerade über Alec sagen wolltest."

„Nichts." Matt ging in die Hocke und kramte im Kasten mit dem Putzzeug herum.

„Ihr zwei seid wohl sehr starke Konkurrenten. Ist es das?"

„Ich bin keine Konkurrenz für ihn", murmelte Matt. „Es ist

eine einseitige Sache. Es besteht nicht die geringste Gefahr, dass ich ihn je übertreffe." Katie rieb ihre Wange an der Mähne von Romance und sah ihn nachdenklich an. „Genauso geht es mir mit meinen Geschwistern", sagte sie ganz leise, so als ob es ein Geheimnis wäre, das sie noch nie jemandem erzählt hatte.

Matt griff nach einer Bürste und richtete sich wieder auf. „Und wie kommst du damit klar?", fragte er.

„Ich ...", Katie griff nach der seidigen Mähne. „Willst du sie für das Abschlussturnier flechten? Margaret hat gesagt, das kann jeder halten, wie er will, weil es ja nur ein ganz zwangloses Turnier ist. Aber es wäre doch ganz schön. Wenn du willst, kann ich dir helfen ..."

„Das ist auch ein geschickter Versuch, meiner Frage auszuweichen", fiel ihr Matt ins Wort. „Was wolltest du sagen?"

„Nichts."

„He, ich hab mich dir anvertraut. Glaub mir, das ist sonst nicht gerade meine Art. Die letzte Person, mit der ich so offen geredet habe, war ... also, die letzte Person, der ich mich anvertraut habe, war ein Pferd. Romance kann sehr gut zuhören, aber sie ist sehr maulfaul. Das heißt natürlich nur, wenn sie nicht gerade jemand beißt."

Katies Lippen bildeten einen dünnen Strich. „Gut. Der Grund dafür, dass ich nicht am Abschlussturnier teilnehmen will, liegt wahrscheinlich zum Teil darin, dass meine Familie hier sein wird, um mir zuzusehen. Zwar reitet keiner von ihnen, aber wenn sie es täten, dann würden sie hier alle mit den blauen Schleifchen abziehen. So, das war's." Ihr gelang ein grimmiges Lächeln. „Zufrieden?"

„Mann, du spinnst ja ganz schön, weißt du das?"

Katie runzelte die Stirn. „Du bist auch nicht gerade das Selbstbewusstsein in Person, Mister Wutausbruch."

„Und wie, glaubst du, kann ich das besser in den Griff bekommen?"

„Also, erst einmal tief durchatmen. Das hilft immer. Margaret hat uns gezeigt, wie man das beim Reiten macht ... du weißt ja, wie man sich im Sattel entspannt. Aber es funktioniert auch, wenn man nicht auf einem Pferd sitzt. Versuch's also, wenn du mal wieder kurz vorm Explodieren bist."

„Gut", sagte Matt etwas unschlüssig. „Ich verspreche tief durchzuatmen. Obwohl, ich bin ja schon dafür bekannt, das ich das sehr häufig mache."

„Ich hätte da noch eine andere Idee", schlug Katie vor. Sie lächelt unheimlich nett, dachte Matt. „Ich glaube wir sollten auch daran arbeiten, die guten Eigenschaften von Romance zu verstärken. Du musst konsequenter mit ihr sein und sie immer belohnen, wenn sie gemacht hat, was du von ihr verlangt hast."

„Sie belohnen?"

„Sie ist ein sehr feinfühliges Pferd. Sanftes Tätscheln und besänftigende Worte genügen. Und wenn du wütend auf sie bist, was du natürlich nie sein wirst, weil du dich von nun an in Selbstbeherrschung üben willst, bist du einfach zurückhaltend mit diesen Belohnungen. Oder versuch es mit einem scharfen ‚Lass das!' Es muss, wie gesagt, nicht viel sein. Sie ist klug. Das bist du doch, Romance, oder?" Sie drückte ihr einen Kuss auf die Nase.

„Einverstanden. Ich versuch's. Ich verspreche nichts, aber ich versuch's. Und ich kann nur soviel sagen, dass das hier möglicherweise verrückt ist und ich es nur mache, weil ich wirklich verzweifelt bin", gab sich Matt einen Ruck und schaute Katie an. „Schlimmstenfalls steh ich hinterher wie ein Dummkopf da, aber das wär ja nichts Neues", grinste er. „Du, ich hätte da übrigens einen Tipp für dein ... wie soll ich sagen ... Problem wegen des Turniers."

„Ach ja?" fragte Katie zweifelnd.

„Ja, mach einfach mit!"

„Nein." Katie schüttelte den Kopf. „Ich habe mich bereits entschieden."

„Dann entscheidest du dich jetzt eben anders. Was könnte den schlimmstenfalls schon passieren?“

Katie spielte mit ihren Fingern an der Mähne von Romance. Lange sagte sie nichts. Matt fühlte einen heftigen Stich, als er plötzlich sah, dass Tränen in ihren großen, dunklen Augen schimmerten.

„Was schlimmstenfalls passieren könnte?“, wiederholte sie langsam. „Ich steh dann wie ein Dummkopf da.“ Sie blickte zu Matt hinüber und nickte leicht. „Aber, das wäre ja nichts Neues.“

„Kommt jemand in das Seminar von Rose über Turnier-Management mit?“, fragte Sharon. Sie stand am Zelteingang und starrte auf ihre Uhr.

„Ja, ich“, antwortete Jenna. Sie wühlte frustriert in ihrer untersten Schublade herum. „Hat vielleicht jemand meine neue Reithose gesehen?“

„Melissa, kommst du auch mit?“, fragte Sharon.

„Hm?“

Jenna warf einen Blick zu Melissa hinüber, die abgewandt auf ihrem Bett lag, etwas las und dabei ziemlich geheimnisvoll tat. Jenna zeigte Sharon ihre zwei nach oben gestreckten Daumen, und die grinste zurück. Es funktionierte also.

„Was liest du denn da, Mel?“, fragte Jenna und versuchte ganz beiläufig zu klingen.

„Was?“ Melissa richtete sich hastig auf und steckte das bekannte, gefaltete weiße Papier unter ihr Kopfkissen. „Ach, nichts. Nur einen alten Brief von einer Freundin. Nichts weiter.“

Ja. Es wirkte wie ein Wunder.

Melissa sprang von ihrem perfekt gemachten Bett. „Hält nicht Rose ein Seminar über ...“

„Turnier-Management“, ergänzte Sharon. „Ja, ich hab irgendwo so was läuten hören. Katie? Wie steht’s mit dir?

Katie sah von ihrem Buch hoch. „Was?“

„Das Seminar“, wiederholte Jenna.

„Ach, nein. Ich geh nicht hin ...“

„Lass mich raten“, unterbrach sie Jenna. „Schon wieder Matt. In den letzten Tagen bis du in jeder freien Minuten mit ihm zusammen gewesen.“

„Sie ist verliiieeebt“, sang Sharon.

„Ich bin nicht verliebt. Auch nicht das kleinste bisschen!“, schrie Katie.

„Beruhige dich, Katie!“, forderte Jenna sie auf, viel gereizter als sie eigentlich beabsichtigt hatte. „Sie zieht dich doch nur auf.“

„Jenna, wir kommen noch zu spät. Rose bringt uns um“, drängte Melissa.

„Geht schon mal ohne mich. Ich muss erst noch meine Reithose suchen“, murmelte Jenna griesgrämig, und Sharon verließ mit Melissa das Zelt.

„Also“, sagte Katie schließlich. „Ich glaub ich muss jetzt auch los.“

„Ja, gut“, meinte Jenna. „Dann bis später.“

Katie stand zögernd auf. „Hab ich dir schon erzählt, dass ich heute morgen mit meiner Stiefmutter telefoniert habe?“

„Nein.“ Jenna wühlte sich durch einen Haufen nicht zusammengehöriger Socken.

„Stell dir vor, meine ganze Familie kommt! Ich habe versucht, es ihnen auszureden. Aber sie sind so stolz, das ich am Turnier teilnehme, dass sie auf alle Fälle dabei sein möchten.“

„Warum hast du es dir denn überhaupt anders überlegt?“

Katie setzte sich auf die Kante von Jennas Bett. „Matt. Wir haben eine ganze Menge gemeinsam: Familie, Konkurrenzkampf und einiges mehr. Er hat mich überzeugt, dass es sicher lustig wird, auch wenn ich mich komplett zum Narren mache.“

„Hab ich dir das nicht auch gesagt?“ Jenna knallte die Schublade so heftig zu, dass das Polaroidfoto von Turbo, das oben auf dem Kasten gestanden hatte, herunterfiel. „Also, ich glaub, dass Mischief meine Hose gefressen hat. Hoffentlich bereitet sie diesem Ziegenbock ordentliche Verdauungsbeschwerden.

Katie fasste unter die Matratze und tastete eine Weile suchend herum. „Kommt dir die hier bekannt vor?“ fragte sie und hielt eine gelbbraune Reithose hoch.

„Wie bist du darauf gekommen, dass ...“, rang Jenna nach Luft.

„Ganz einfach, meine Liebe“, antwortete Katie. „Zu Hause legst du deine T-Shirts auch immer unter die Matratze, damit du sie nicht bügeln musst. Und außerdem bin ich deine beste Freundin.“

Jenna faltete die Hose zusammen und wich dabei dem Blick ihrer Freundin aus.

„Bist du das eigentlich noch?“

„Jenna!“, schrie Katie erbost. „Was ist ... Moment mal. Ist es wegen Matt? Weil ich soviel Zeit mit ihm verbracht habe?“

„Deine ganze Zeit hast du mit ihm verbracht“, erinnerte Jenna sie. „Du hast ja kaum noch eine Minute Zeit für mich und die anderen.“ Sie seufzte und ließ sich auf das Bett plumpsen. „Schau, ich möchte einfach nicht, dass du wie eines dieser Mädchen wirst, das nur noch ihren Typen im Kopf hat und ihre Freundinnen vergisst. „So bin ich nicht“, widersprach Katie mit Entschiedenheit. „Du wirst immer meine beste Freundin auf der ganzen Welt sein, Jenna. Matt ist zwar nett, aber er ist eben ein Junge. Es gibt einige Dinge, über die ich nie mit ihm reden könnte.“

Jenna lächelte. Sie fühlte sich gleich viel besser, als sie Katie das sagen hörte.

„Aber du musst mir das Gleiche versprechen“, forderte Katie mit fester Stimme.

„Ich verspreche dir, dass nie irgendein Traumtyp unserer Freundschaft im Weg stehen soll.“

„Schon besser“, meinte Katie. „Da wir gerade von Traumtypen reden. Was willst du weiter in der Sache mit Melissa unternehmen?“

Jenna zuckte die Schultern. „Vermutlich so weitermachen wie bisher. Ihr scheint es doch wieder besser zu gehen. Findest du nicht auch?“

„Ja schon, aber ich bin nicht sicher, ob die Briefe der Grund dafür sind. Könnte doch sein, dass sie über die Sache mit Marcus aus eigener Kraft hinwegkommt.“ Jenna runzelte die Stirn. „Ich hab noch gar nicht darüber nachgedacht, wie die Sache enden soll. Schließlich kann Mister X nicht einfach so aufhören, ihr zu schreiben, oder? Das wären zwei Trennungen in einem Monat. Sie wäre sicher am Boden zerstört, auch wenn es ihn in Wirklichkeit gar nicht gibt.“

„Was ist, wenn das Camp zu Ende ist?“, fragte Katie.

„Dann wird Mister X in seine Heimatstadt nach ... X-Stadt zurückkehren, und Melissa wird sich liebevoll an ihn als eine schöne Sommerromanze erinnern.

„Und wenn sie Fragen stellt?“

„Wird sie nicht“, meinte Jenna sicher.

„Und wenn doch?“

„Wie heißt es hier auf Silver Creek so schön: Wir nehmen die Hürde, wenn sie kommt.“

Kapitel 12

Am nächsten Morgen schlenderte Katie nach dem Unterricht zu einem der Reitplätze hinüber, wo Matt mit Romance galoppierte. Als er Katie sah, hellte sich sein Gesicht auf und er winkte ihr zu.

„Wie macht er sich?“, fragte Katie Claire, die ihn von der Nähe des Gatters aus beobachtete.

Claire lächelte. „Nicht schlecht. Ich glaube deine Verhaltenslektionen zeigen allmählich Erfolg. Aber er ist immer noch furchtbar verspannt, und das wirkt sich natürlich negativ auf Romance aus. Ich hab ihm vorgeschlagen, nach dem Unterricht noch etwas an seinen Sprüngen zu arbeiten.“

„Tief durchatmen!“, rief ihm Katie zu.

Matt nickte. „Du hast leicht reden.“

„Was hast du denn da in deiner Hand?“, fragte Katie Claire und deutete auf einen Stapel weißer Karten.

„Wertungslisten für die Preisrichter beim Abschlussturnier. Nichts Offizielles. Es ist schließlich keine internationale Veranstaltung.“

Katie lief ein kurzer Schauer über den Rücken. „Darf ich mal sehen?“

„Ja ...“ Claire zögerte. „Gut, aber lass dich bloß nicht davon verrückt machen, ja?“

Katie las mit einem bangen Gefühlt die Liste ganz genau durch: „... Reiter vergisst Vorgabe ... Leichttraben auf der falschen Diagonale ... Unterbrechung der Gangart ... Sturz von Pferd oder Reiter ...“ stand da unter anderem.

„Da.“ Sie gab Claire die Karten zurück.

„Bleib ganz ruhig, Katie!“, forderte Claire sie auf. „Selbst in deiner lebhaftesten Fantasie wirst du dir doch wohl nicht vorstellen können, alle diese Fehler zu machen, oder?“

„Die und noch ein paar mehr.“ Katie wandte ihre Aufmerksamkeit wieder Matt zu, der unsauber in den Galopp wechselte und auf eine niedrige Querstange in der Mitte des Trainingsplatzes zuritt.

„Es freut mich wirklich, dass du es dir wegen des Abschlussturniers doch noch anders überlegt hast. Es wird sicher viel Spaß machen. Du wirst sehen.“

„Ja, ja, das hat man mir auch gesagt, als ich das erste Mal zum Zahnarzt gehen sollte.“

„Ich bin da drüben bei der Eiche, falls Matt noch Fragen haben sollte“, sagte Claire.

Katie nickte und blickte wieder auf Matt. Er war verspannt, seine Hände waren unruhig, und Romance unternahm in letzter Sekunde einen halbherzigen Versuch auszubrechen. Zum Glück konnte er sie aber auf Kurs halten.

Matt ritt zu Katie hinüber „Der Sprung war schlecht und ich sage dir, es liegt an ihr“, knurrte er ärgerlich.

„Hey, wer wird denn gleich in die Luft gehen?!“, versuchte Katie ihn zu bremsen.

Matt verdrehte die Augen. „Entschuldige. Alte Gewohnheiten legt man nicht so schnell ab. Versuch du doch mal deine Persönlichkeit über Nacht von Grund auf zu ändern!“ Mit einem Grinsen fügte er hinzu: „Tu’s lieber nicht, ich mag dich so, wie du bist.“

Katie spürte wie ihr das Blut in die Wangen schoss. „Hast du Romance eigentlich schon für den Sprung gelobt?“, lenkte sie schnell ab.

„Nein, der war doch miserabel ...“ Matt seufzte. „Ach so. Ich hab einfach nicht dran gedacht. Obwohl, dafür ist es jetzt sowieso zu spät.“

„Dafür ist es nie zu spät“, entgegnete Katie.

Matt tätschelte daraufhin Romance ausgiebig. „Tut mir Leid, mein Mädchen. Es liegt an mir, nicht an dir. Dank deiner Freundin Katie erkenne ich so allmählich meine Fehler."

„Du wirkst schrecklich verkrampft. Und das überträgt sich dann auch auf Romance", erklärte Katie.

Plötzlich kam ihr eine Idee. „Du, Matt, kennst du eigentlich den Text unserer Nationalhymne?"

Matt blickte sie verständnislos an.

„Na, wenn das mit dem tiefen Durchatmen nicht klappt, dann sing doch beim Springen einfach die Nationalhymne!", schlug Katie vor.

Matt verdrehte die Augen. „Jetzt soll ich auch noch den Caruso spielen!", sagte er und ritt mit Romance zurück auf den Reitplatz. Als er dann in gleichmäßigem Galopp losritt, konnte Katie sehen, wie er seinen Mund bewegte. Matt schien tatsächlich zu singen! Und er hielt sich jetzt viel besser im Gleichgewicht. Er fand den richtigen Absprung, und Romance nahm mit einem fließenden, nahezu makellosem Sprung das Hindernis. Immer noch summend, ritt Matt auf Katie zu und tätschelte dabei Romance. „Ich kann's gar nicht fassen. Es hat funktioniert."

„Ich hab mir einfach gedacht, wenn du singst, dann musst du tief und gleichmäßig atmen", erklärte Katie.

„Katie Anderson, du bist schon erstaunlich", strahlte Matt sie an.

Katie winkte Matt zum Abschied zu und ging langsam zu ihrem Zelt zurück. Bei dem Gedanken an das Abschlussturnier überfiel sie Panik.

Dann dachte sie an Matt.

Sie fragte sich, was wäre, wenn es zum Abendessen vom Vortag übrig gebliebenes Gulasch geben würde. Sie hasste das Zeug.

Dann dachte sie an Matt.

Ist das immer so, wenn man anfängt, sich für einen Jungen zu interessieren? Die Gedanken bewegen sich wild in alle Richtungen, wie ein Fahrrad ohne Lenkstange. Und werden einem die Hände dann immer feucht? Wie sollte sie je mit einem Jungen Händchen halten können, wenn die immer zu schwitzen begannen? Es gab nur eine Lösung. Sie konnte nie mit Matt Händchen halten, außer sie zog Handschuhe an.

Matt ritt im Schritt über den Trainingsplatz, damit Romance sich abkühlen konnte. Obwohl er mit dem Training zufrieden war, ließ der Gedanke an den Wettkampf ihn innerlich erschauern.

Dann dachte er an Katie.

Er fragte sich, ob es zum Abendessen übrig gebliebenes Gulasch vom Vortag geben würde. Denn das schmeckte ihm besonders gut.

Dann dachte er an Katie.

Ist das immer so, wenn man anfängt sich für ein Mädchen zu interessieren? Die Gedanken gehen wild in alle Richtungen, wie ein Auto ohne Fahrer. Und werden die Hände dann immer feucht? Er würde nie mit Katie Händchen halten können. Niemals, außer mit Handschuhen.

Dieses Mal fand Melissa den Brief an ihren Spind geheftet: wieder ein Papierpferd, jedoch mit ziemlich schlappen Ohren. Sie musste lächeln und war überrascht, dass Mister X trotz all der Vorbereitungen für das morgige Turnier dafür Zeit gefunden hatte.

Melissa setzte sich auf eine Vorratstruhe und faltete den Brief vorsichtig auseinander.

Liebe Melissa,
stand da in der bekannten, krakeligen Handschrift.

Wiederum schreibe ich dir von der zarten Liebesgeschichte zwischen Comet und Aurora. Zuletzt haben wir gehört, dass Comet seine Liebeserklärung an Aurora von der alten Zauberin Mariah niederschreiben ließ. Voller Hoffnung ging er mit dem Liebesbrief zum Ufer des Silver River. Dort stolzierte Aurora auf der anderen Seite des Flusses sorglos einher und ihre schöne, schwarze Mähne flatterte im Wind.

Comet faltete den Brief zu einer Art Papierflieger. Leider geht aus der Sage nicht hervor, wie er das ohne Finger gemacht hat. Aber so sind nun mal Sagen.

Melissa machte eine Pause und kicherte. Sie sah auf, vergewisserte sich, dass niemand in der Nähe war, und las dann neugierig weiter.

Comet nahm den Liebesbrief in sein Maul, warf seinen Kopf weit zurück und schleuderte den Brief in die Luft. Natürlich flog der nicht weit, denn von Nordwesten kam eine frische Brise, und Comet war nicht gerade ein erstklassiger Konstrukteur von Papierfliegern. Der Brief landete zu seinen Füßen und somit weitab von seinem Bestimmungsort.

Comet ließ den Kopf hängen und betrachtete das reißende Gewässer, das er nicht zu überqueren wagte. Du kannst dir vorstellen wie entmutigt er war.

Plötzlich erschien ein flinkes Fischlein an der Wasseroberfläche, eine schillernde Regenbogenforelle. „Warum so traurig, großes Pferd?“, fragte sie.

„Ich kann diesen Brief nicht ans andere Ufer bringen“, erklärte Comet.

„Was steht denn drin?“, fragte das Fischlein.

„Alles über meine Gefühle für die schöne Aurora“, antwortete Comet. „Aber ich wage es nicht, den reißenden Fluss zu überqueren.

„Ich überbringe den Brief für dich“, erbot sich der Fisch.

Voller Dankbarkeit überreichte Comet der Forelle den Brief. Diese nahm ihn in ihr Maul und tauchte tief in die gewaltige Strömung.

Comet tänzelte unruhig am Ufer auf und ab und wartete auf den Augenblick, in dem die Forelle am anderen Ufer auftauchen und den Brief Aurora übergeben würde.

Plötzlich vernahm er zu seinen Füßen einen lauten Platsch. Es war das Fischlein. Völlig erschöpft rang es nach Luft und ließ den Brief auf das Ufer fallen.

„Aber warum hast du ihn nicht überbracht?", fragte Comet.

„Er war zu schwer", klagte die Forelle. „Vielleicht hast du zu viele Gefühle."

Armer Comet! Du verstehst, Melissa, warum ich mit ihm leide. Auch ich habe dir so viel zu sagen und so wenig Zeit. Das Camp wird bald zu Ende sein und was dann? Ich werde von meinen Erinnerungen zehren müssen, den Erinnerungen an deine dunklen Augen und dein süßes Lächeln.

Auf ewig der Deine
Mister X

Melissa ließ den Brief sinken. „Von Erinnerungen zehren?", wiederholte sie leise. „Was soll denn daran lustig sein, Mister X?"

Sie suchte in ihrem Schrank nach Papier und Bleistift. Dann überlegte sie einen Augenblick. Ihre Botschaft musste gut sein. Unwiderstehlich. Überzeugend. Genauso bewegend wie die Briefe, die sie bekommen hatte.

Lieber Mister X,

deine Briefe haben mich nicht nur durch ihre Worte bewegt. Ich kann das Camp nicht verlassen, ohne dich wenigstens einmal getroffen zu haben. Wie soll ich sonst durch die dunklen Stunden des Schuljahres kommen, das ich ohne dich vor mir habe.

Komm also morgen nach der Abschlussveranstaltung in die Sattelkammer! Enttäusch mich bitte nicht, lieber Mister X! Mein Herz wurde schon einmal gebrochen, aber du hast es geheilt. Sollte es noch einmal gebrochen werden, dann würden alle Sekundenkleber der Welt nicht ausreichen, um es wieder zu reparieren.

Voller Hoffnung,

Melissa

PS: Ich kann es kaum erwarten zu erfahren, wie die Geschichte von Comet und Aurora ausgeht.

Melissa faltete den Brief und schrieb als Adresse einfach „Mister X“ darauf. Sie heftete ihn an das Schwarze Brett neben den Schließfächern, wo er sicher gesehen werden würde. Dann lächelte sie geheimnisvoll und huschte aus der Tür.

Kapitel 13

„Luna, mein Mädchen, warum sagst du mir nicht, was dich bedrückt?“, fragte Sharon das junge Pferd, als sie am frühen Abend auf einer der Trainingsbahnen beieinander standen.

Um sie herum schwirrten Teilnehmer des Camps. Sie arbeiteten mit Hochdruck an den letzten Vorbereitungen für das Abschlussturnier am nächsten Tag.

Trotzdem herrschte nicht die Atmosphäre wie bei einem der Turniere, an denen Sharon früher mit Cassidy teilgenommen hatte. Hier stand eher der Spaß im Vordergrund. Es war mehr eine Übungsstunde, in der alle Teilnehmer des Camps die Chance hatten, ihr Können zu zeigen, ohne einem großen Leistungsdruck ausgesetzt zu sein. Bei Sharons drei Zeltgenossinnen war davon allerdings nichts zu merken. Melissa und Jenna entwickelten eine schreckliche Hektik, während Katie eher beunruhigt als aufgeregt zu sein schien.

Sharon seufzte wehmütig, während sie Lunas Kappzaum richtete. Sie wusste, dass sie für eine Teilnahme nicht in Frage kam, solange ihre Beine noch so schwach waren. Aber sie musste zugeben, dass sie die Atmosphäre eines Wettkampfes vermisste. Zumindest hatte sie Luna als Ablenkung, obwohl die Stute nur traurig auf eine ferne Weide zu starren und eigenen Träumen nachzuhängen schien.

„Ich wünschte, ich könnte nur eine Minute lang in deinen Kopf kriechen“, gestand Sharon und verscheuchte eine Fliege, die Luna am rechten Ohr belästigte.

„Sharon!“ Jenna kam aufgeregt auf den Zaun zugerannt. Sie hielt ein Papier in ihrer rechten Hand. „Wo ist Melissa?“

„Bei Big Red, um ihn noch ein wenig aufzumuntern."

„Und Katie?"

„Bei Matt, um ihn noch ein wenig aufzumuntern. Oder vielleicht umgekehrt. Soll ich dich auch ein wenig aufmuntern? Du siehst aus, als ob du so etwas auch gebrauchen könntest."

„Wir haben ein Problem", verkündete Jenna und kletterte über den Zaun. „Ich habe diese Nachricht neben den Schließfächern gefunden. Sie ist für Mister X! „Melissa will ihn treffen. Mich. Uns. Das ist ja nicht zu fassen", schrie sie. „Was sollen wir jetzt tun?

Sharon griff nach dem Brief und las ihn genau durch. „Echt scharf." Sie gab ihn Jenna zurück und die steckte ihn in ihre Tasche. „Du hast jetzt ein echtes Problem."

„Du meinst wir."

„Eigentlich habe ich schon ‚du' gemeint."

Jenna rieb sich die Stirn. „Wenn wir jetzt Melissa die Wahrheit sagen, dann wird sie sich schrecklich fühlen.

„Ich wollte ihr doch einfach nur helfen", jammerte sie.

„Und dafür hast du einen so kitschigen Schüchterling wie Mister X erfunden, der sich nicht traut, sich mit ihr zu treffen", grinste Sharon.

„Du hast auch mitgemacht. Die Sage ist auf deinem Mist gewachsen", protestierte Jenna verzweifelt.

In diesem Augenblick kam Katie mit einem weißen Päckchen in der Hand aus dem Stall. „Wie geht's mit Luna?", fragte sie Sharon.

„Gar nicht", antwortete Sharon. „Das ist doch nicht etwa noch ein Brief, oder?"

„Das hier?" Katie öffnete das Gatter und kam zu ihnen herüber. „Nein, das sind die Fotos von Melissa. Rose hat sie heute abgeholt und Melissa hat mich gebeten, sie ins Zelt zu bringen, weil sie noch bei Big Red ist." Katie umarmte Luna und streichelte sie. „Was hast du denn mit ‚noch ein Brief' gemeint?"

Jenna streckte ihr den Brief entgegen. „Da, lies!“, forderte sie Katie kraftlos auf. „Von Melissa.“

„Sie möchte Mister X treffen“, erklärte Sharon.

„Oh nein!“, stöhnte Katie, nahm den Brief und las ihn. „Vielleicht könntest du so tun, als ob du den Brief nie bekommen hast.“

„Das bringe ich nicht fertig. Sie glaubt dann, Mister X würde sie nur zum Narren halten. Egal, was wir jetzt tun, es läuft darauf hinaus, dass wir Melissas Gefühle verletzen.“

„Fängst du schon wieder mit diesem ‚wir‘ an?“, warf Sharon dazwischen.

„Ich wusste ja, dass es so kommen würde“, gestand Katie seufzend.

„Klingt das nicht so ähnlich wie ‚Ich hab’s dir ja gesagt‘“, fragte Sharon.

„Schon gut, schon gut“, beschwichtigte Jenna. „Aber ich hatte die besten Absichten. Ich wollte nur, dass es Melissa wieder besser geht. Jetzt haben wir es wahrscheinlich geschafft, dass sie sich tausendmal schlechter fühlen wird.“ Jenna trat gegen ein Grasbüschel am Zaun. „Ausgerechnet jetzt. Hätte sie ihrem Mister X nicht nach dem Turnier schreiben können? Wie soll ich mich denn auf das Reiten konzentrieren, wenn mir diese Sache ständig im Kopf herumgeht?“

„Das ist doch jetzt nicht dein Hauptproblem“, meinte Katie daraufhin.

„Das weiß ich selbst. Mein Hauptproblem ist, dass ich Melissas Gefühle nicht verletzen will. Stopp, wartet mal. Wie wär’s denn mit einem Brief, in dem ich ihr gestehe, dass ich furchtbar entstellt bin, so wie der Glöckner von Notre Dame. Und dass ich es nicht ertragen könnte sie zu treffen. Versteht ihr? Oder so eine Geschichte wie ‚Die Schöne und das Biest‘?“

„Aber Jenna. Mister X ist doch offensichtlich ein Teilnehmer am Camp“, gab Sharon zu bedenken. „Das ist doch kein großer Ort hier. Glaubst du nicht, dass sie diesen Glöckner von Notre Dame bemerkt hätte, wenn er mittags zum Essenfassen ansteht?"

„Mein Gott, bin ich ein Pferdeapfel", meinte Jenna zerknirscht. „Ich bin am Ende. Erledigt. Sie wird mich hassen."

„Da wir gerade von Mist reden", versuchte Katie mit einem Grinsen das Thema zu wechseln. „Such doch mal dieses Foto raus, das Melissa von dir geschossen hat! Erinnerst du dich noch, als du am ersten Tag auf einem ... na, du weißt schon was ... von Mischief ausgerutscht bist?"

Katie öffnete die Fototüte und blätterte die Fotos durch. Schließlich überreichte sie Jenna den besagten Schnappschuss. Sharon trat näher, um auch cincn Blick darauf zu werfen. Auf dem Bild saß Jenna auf ihrem Hintern und blickte wütend und gekränkt in die Kamera.

„Ich will, dass das Foto verbrannt wird", forderte Jenna mit Nachdruck.

„Nein." Katie schüttelte den Kopf. „Ab morgen wird es Melissa vermutlich als Zielscheibe dienen."

In den folgenden Minuten sahen sich die Mädchen die restlichen Fotos von Melissa an. Sie hat einen verdammt guten Blick für Motive, dachte Sharon. Melissa war es gelungen, die schönsten Momente des gemeinsamen Sommers einzufangen.

Sharon griff ein Foto heraus, das vor ein paar Wochen in der Nähe der Westkoppel von allen Vieren gemacht worden war. Melissa hatte die Kamera in die Astgabelung eines Baumes gestellt und das Foto dann mit Selbstauslöser geschossen. Da standen sie alle gegen einen Zaun gelehnt: Katie lächelte offen in die Kamera, Melissa wirkte etwas geistesabwesend und finster, Jenna schnitt eine Grimasse und Sharon wandte der Kamera nur ihr Profil zu.

Sie hatte in diesem Augenblick gerade zu Luna hinübergeschaut. Das junge Pferd war nur als silbergrauer Wischer auf dem Foto zu erkennen, da es im Augenblick der Aufnahme an dem Zaun entlanggaloppierte, der Silver Creek vom Anwesen Mister Hardestys trennt.

Lunas Mähne wehte im Wind und ihr Schritt war hoch. Sie sah glücklich aus.

Sharon hielt das Foto Luna hin. „Schau mal! Siehst du das? Das bist du, Luna. Lebhaft. Im Galopp. Glücklich. Erinnerst du dich?“

Als Sharon das Foto Katie zurückgab, fiel ihr ein brauner Schatten auf der anderen Seite des Zaunes auf. Er war kleiner als Luna, viel kleiner.

„Was ist denn das?“, fragte Sharon Jenna und deutete auf das Bild.

Katie sah genauer hin. „Ich wette, das ist ein Hund.“

Sharon betrachtete das Bild mit zusammengekniffenen Augen. Dann schaute sie in Lunas wehmütige Augen, und plötzlich schoss ihr ein Gedanke durch den Kopf.

„Achtung, an alle Reiter!“ dröhnte die Stimme von Rose durch den Lautsprecher über den Platz. „Der erste Wettbewerb im Rahmen des 23. Abschluss-Turniers des Sommer-Reitercamps von Silver Creek Stables beginnt in fünfzehn Minuten. Alle Teilnehmer der Longier-Gruppe treten bitte in zehn Minuten mit ihren Helfern zum Aufwärmen an.“ Rose machte ein Pause. „Das heißt zehn Minuten, Leute. Nicht elf. Auch nicht elfeinhalb, ja? Übrigens, hat jemand Nikki Baumgartners Hufnagel-Talisman gesehen? Sie befürchtet, Mischief könnte ihn zum Frühstück gefressen haben.“

Sharon musste lachen und band Blooper an den Querpfosten vor seiner Box an. „Ich seh schon. Hier geht es ein bisschen lockerer zu als beim Classic.“

Katie griff nach dem Striegel in ihrer Putzkiste. „Lockerer? Du nennst das hier locker?“ Sie zeigte auf die hektisch hin und her laufenden Reiter. „Locker? Ich hab schon zwei weinen sehen und das Turnier hat noch nicht einmal begonnen!“

Sharon warf einen Blick den Gang hinunter, dorthin, wo Matt Romance angebunden hatte. Mit flinken, etwas hektischen Bewegungen säuberte er eine Bürste mit Hilfe eines Striegels. „Ich nehm nicht an, dass einer von den beiden Matt ist, oder?“, stichelte Sharon mit flüsternder Stimme.

„Er hat kaum ein Wort geredet, so aufgeregt ist er. Ich fürchte, er wird Romance noch damit anstecken. Sie reagiert so sensibel auf seine Stimmungen.“

„Blooper hier scheint ja wriklich ziemlich cool zu sein“, bemerkte Sharon und tätschelte den sanften Braunen am Rumpf. „Doch nicht etwa, weil seine Reiterin auch so cool ist?“

Katie unterbrach das Bürsten für einen Augenblick. „Weißt du, irgendwie ist das schon komisch. Ich war den ganzen Morgen so beschäftigt mit Klamotten herrichten, Blooper striegeln und dem Versuch, Matt und Romance zu beruhigen, dass ich noch gar keine Zeit gehabt habe, selbst nervös zu werden.“ Sie lachte. „Trotzdem. Danke, Sharon, dass du mich daran erinnert hast. Es ist ja noch genug Zeit, die große Flatter zu bekommen.“

In diesem Augenblick erschienen Jenna und Melissa. Jenna trug Allegra, ihre kleine, achtjährige Schwester auf den Schultern. Allegra, die eine Sonderschule für zurückgebliebene Kinder besuchte, trug eine Reitpeitsche und lugte spitzbübisch unter dem für sie viel zu großen Reithelm ihrer Schwester hervor.

„Seht mal, wen ich gefunden habe!“, rief Jenna.

„Legs!“, rief Katie und begrüßte sie herzlich. „Bist du gekommen, um deine Schwester reiten zu sehen?“

„Ist mir egal, ob sie gewinnt“, antwortete Allegra.

„Sehr gut“, fand Melissa. „Ich werde euch beim Springen sowieso alle vernichtend schlagen.“

„Von mir aus kannst du sie mit der Peitsche ruhig ein bisschen vermöbeln, Legs“, empfahl ihr Jenna.

„Sind Turbo und Big Red schon geputzt?“, erkundigte sich Katie, als sie nach einem Mähnenkamm griff.

„Melissa hat mich schon bei Anbruch der Dämmerung aufgeweckt“, beschwerte sich Jenna. „Sie war mit Big Red bereits vor Sonnenaufgang startklar.“

„Magst du etwa keine Turniere?“, fragte Melissa. „Alle sind so voller Erwartungen. Es ist wie Weihnachten.“

„Sag mal, bist du nicht wenigstens ein bisschen nervös?“, fragte Katie.

„Sicher, kurz bevor es losgeht schon. Aber das vergeht, sobald man losreitet. Du bist so damit beschäftigt dich auf das zu konzentrieren, was du gelernt hast und die Preisrichter, die Zuschauer und den Leistungsdruck zu vergessen ...“

„Jetzt aber still!“, befahl Sharon ihr. „Ich weiß nicht, ob das für Katie im Moment besonders hilfreich ist.“

„Schwer vorstellbar, dass du nervös bist, Melissa“, meinte Katie und fuhr mit dem Kamm sorgfältig durch Bloopers schwarze Mähne. „Du wirkst so ruhig, so selbstsicher und ... überhaupt nicht hektisch.“

„Soll ich euch was sagen?“, versuchte Melissa augenzwinkernd abzulenken. „Ich habe heute eine Verabredung mit dem Schicksal ... Apropos, sieht sich jemand die Longier-Gruppe an?“

„Ich komme mit dir“, erklärte Sharon. „Sagt mir, wenn ihr noch etwas brauchen solltet“, fügte sie an Katie und Jenna gewandt hinzu. „Ich spiele heute das Mädchen für alles und die Herbergsmutter.“

„Danke, Sharon“, sagte Katie. „Weißt du, was ich glaube? Ich bin sicher, beim nächsten Turnier wirst du mit uns reiten.“

„Nein.“ Sharon schüttelte den Kopf. „Beim nächsten Turnier werde ich euch alle schlagen!“

„Hey“, meinte Jenna mit gedämpfter Stimme zu Katie, als Sharon und Melissa weggingen. Sie trat etwas näher, damit Allegra die Ohren von Blooper kraulen konnte. „Was glaubst du hat sie mit ‚Verabredung mit dem Schicksal‘ wohl gemeint?“

„Vielleicht, dass sie hofft, eine Menge Schleifchen zu gewinnen. Du kennst doch Melissa.“

„Du glaubst also nicht, dass sie ... du weißt schon, Mister X gemeint hat?“

„Ich hoffe nicht“, antwortete Katie.

„Ich auch nicht“, seufzte Jenna. „So“, sagte sie dann zu Allegra. „Wir müssen jetzt los, damit wir noch einen Platz in der ersten Reihe für dich finden, bevor du meine Schultern zu Brei drückst. Brauchst du noch Hilfe bei Blooper, Katie?“

Katie trat etwas zurück, um sein glänzendes Fell zu bewundern. „Nein, danke. Ich glaub ich habe alles im Griff.“

„Er sieht großartig aus. Bist du schon nervös?“

„Dazu war ich bis jetzt viel zu beschäftigt. Aber ich bin sicher, das ist nur eine Frage der Zeit.“

„Vergiss nicht! Wir sind zusammen in der Gruppe, in der Schritt und Trab vorgeführt wird. Stell dir einfach vor, es ist nichts weiter als noch eine Unterrichtsstunde auf Silver Creek, und wir beide haben einen Riesenspaß! Außerdem bin ich bei dir.“

„Ja, du und eine Horde von Preisrichtern und eine Million anderer Leute.“

„Ja, sicher werden eine Menge Leute da sein. Aber eine Million halte ich für leicht übertrieben. Jetzt müssen wir aber los. Bis gleich beim Aufwärmen.“

„Tschüss, Legs“, verabschiedete sich Katie.

„Du musst auch nicht gewinnen“, sagte Legs feierlich zu ihr. „Pass nur auf, dass du nicht herunterfällst!“

„Mach ich, Legs.“ Katie lachte. „Ich versuch’s jedenfalls.“

Sie sah Jenna und Allegra nach, als die beiden lossausten. Sie fragte sich, ob ihre Familie schon angekommen war. Katie hatte gebeten, sie nicht vor dem Turnier zu treffen, da sie nicht schon vorher ein Nervenbündel sein wollte. Trotzdem hätte sie sich gefreut, wenn eines ihrer Geschwister etwas in der Art wie Legs zu ihr gesagt hätte: Dass sie nicht gewinnen musste. Dass das wirklich nicht so wichtig war.

Sie verbrachte noch einige Zeit mit dem Putzen und Kämmen von Blooper, der die ihm entgegengebrachte Aufmerksamkeit sichtlich genoss. Katie war froh, ein so braves und erfahrenes Pferd zu reiten. An wie vielen Turnieren er wohl schon teilgenommen hatte, fragte sie sich. Bestimmt an Dutzenden.

„Hoffentlich enttäusche ich dich nicht, Bloop“, flüsterte sie und fuhr mit dem Kamm ein letztes Mal durch seine Mähne. Das durch die Tür hereinfallende Sonnenlicht ließ sein rotbraunes Fell wie den polierten Mahagonitisch im Esszimmer bei Katie zu Hause glänzen.

In diesem Augenblick schritt ein großer, dunkelhaariger Typ, etwa 18 Jahre alt, zielbewusst hinter ihr vorbei. Obwohl sie ihn noch nie zuvor im Stall gesehen hatte, schien er sich hier genau auszukennen. Als er an Katie vorüberging, lächelte er sie freundlich an. Augenblicklich erkannte sie die Augen. Es waren die tiefdunklen Augen von Matt. Alec. Das konnte nur er sein.

„Hallo, hast du mal einen Augenblick für uns Erdlinge Zeit?“

Matt blickte überrascht hoch, als Katie mit ihrem Putzkasten in der Hand auf ihn zukam. „Oh. Hallo. Ich nehme an, du hast mich mit Alec gesehen?“

„Ich dachte mir schon, dass er dein Bruder sein muss. Entweder das oder man hat dich ohne dein Wissen geklont.“

Matt fuhr mit der Hand den Rücken von Romance entlang. Die Stute zuckte bei der Berührung leicht zurück. Romance verhielt sich schon den ganzen Morgen so gereizt und nervös. Wie ihr Reiter eben.

„Wo warst du denn gerade?“, wollte Katie wissen.

„Wie meinst du das?“, fragte er zurück.

„Du hast so ausgesehen, als wärst du gerade zigtausend Kilometer entfernt.“

„Also, wenn du es wirklich wissen willst ...“ Matt gelang ein gequältes Lächeln. „Ich habe mir gerade vorgestellt, wie ich mich da draußen zum Narren machen könnte: Beispielsweise, dass du mich einholst und ich vom Platz aus direkt auf den Misthaufen geworfen werde.“

Katie lachte schallend. „Was hat denn bei dir so eine schreckliche Fantasie ausgelöst?“

„Vermutlich Alec. Er hat gesagt, er sei sicher, dass wir die Sache hier gut machen werden. Da habe ich natürlich sofort daran gedacht, wie gut er bei Turnieren immer abschneidet, und überlegt, wie schlecht ich heute sein könnte ... Verstehst du, was ich meine?“

„Was hat er denn sonst noch gesagt?“ Katie griff nach einer Bürste und begann Romance sanft und gleichmäßig zu bürsten. Die Stute schien richtig erleichtert zu sein, ihre neue Freundin wieder um sich zu haben.

Matt musste zugeben, dass auch er über Katies Anwesenheit froh war. Zugleich war er stolz, dass es ihm gelungen war, über seinen Schatten zu springen und eine so tolle Freundschaft mit ihr zu schließen. Was auch immer heute auf dem Turnier geschehen würde, er hatte zumindest angefangen, an seinem Verhalten etwas zu ändern und Katie hatte ihm dabei geholfen.

Dann erzählte Matt weiter: „Alec hat mir verraten, dass er sich bei einem Turnier einfach nur konzentriert ... Dinge wie Reitkunst, Springen, zählen da gar nicht so sehr. Er sagte, er versucht seine Gedanken auf alles zu richten, was er je gelernt hat, und dann verlässt er sich einfach darauf, dass das Pferd den Rest erledigt. Na ja, bei ihm funktioniert das. Ein Zimmer voller Schleifchen und Pokale sind der beste Beweis.“

Katie unterbrach das Bürsten, um Romance ein bisschen am Maul zu kraulen. „Sie scheint heute furchtbar nervös zu sein“, stellte Katie fest. „Komisch. In letzter Zeit hatte sie sich so schön entspannt."

„Das liegt an mir." Matt ballte frustriert die Fäuste. „Ich bin so verkrampft und dann ist sie es auch. Schon bald werde ich bei irgendeiner Kleinigkeit furchtbar in Wut geraten, und sie wird jeden Teilnehmer in der Springer-Gruppe beißen."

Katie musste wieder lachen. „Hoffentlich nicht. Jenna ist in dieser Gruppe. Die beißt zurück." Sie fuhr mit dem Bürsten fort. „Übrigens. Was bei Alec funktioniert, muss noch lange nicht bei dir gelingen. Du hast selbst gesagt, dass ihr beide total unterschiedlich seid. Mir scheint, dass du dich einfach an das halten solltest, was du bis jetzt gemacht hast. Bleib ganz ruhig, atme tief durch, wenn du merkst, dass du wütend wirst, und entspann dich! Denk nicht allzu viel über die Einzelheiten nach!"

„Und dabei die Nationalhymne singen. Stimmt's?"

„Also, deine Musikauswahl find ich ein bisschen langweilig, aber schön. Es scheint zu funktionieren. Warum jetzt etwas ändern?"

Matt streichelte den Rücken von Romance. Seine Finger streiften die Hand von Katie, während sie bürstete. Plötzlich sah er verlegen zur Seite, da er unsicher war, wie sie reagieren würde. „Wir haben jetzt die ganze Zeit von mir geredet", begann er und bückte sich, um einen Mähnenkamm aus der Putzkiste zu nehmen, damit sie die Röte in seinem Gesicht nicht sah. „Wie geht's eigentlich dir und Blooper?"

„Bloop geht's gut. Bei mir bin ich nicht so sicher. Aber ich bin ziemlich ruhig. Und ich glaube, das verdanke ich dir."

„Mir?" Matt richtete sich wieder auf und sah ihr in die Augen, in diese braunen, wundervollen Augen.

Katie strahlte ihn an. „Ich bin so damit beschäftigt, mir um dich und Romance Sorgen zu machen, dass ich gar keine Zeit habe, mir welche um mich selbst zu machen."

„Freut mich, dass ich dir helfen konnte." Jetzt musste Matt

lachen, und zum ersten Mal an diesem Morgen verschwand das flaue Gefühl in seinem Magen. „Na ja, was kann denn schlimmstenfalls schon passieren, oder wie hieß das so schön?“

„Du könntest dich zum kompletten Narren machen“, gab Katie die bekannte Antwort.

„Ja, beispielsweise auf den Misthaufen fliegen und dabei die Nationalhymne singen.“

Kapitel 14

Katie wartete auf Blooper, um in der Gruppe für das Schritt- und Trabreiten aufgerufen zu werden. Wann würde die Panik bei ihr einsetzen und die Einsicht kommen, dass sie nie und nimmer auf ihre Freunde hätte hören und an dem Turnier hätte teilnehmen dürfen?

Jenna saß mit vor Aufregung hochrotem Gesicht neben ihr auf Turbo. Louisa Tisch flüsterte Escape Route letzte Anweisungen zu. Bill Weinstein richtete zum dritten Mal innerhalb von fünf Minuten seine Steigbügel. Von den elf Teilnehmern der Gruppe sah keiner annähernd so nervös wie Katie aus.

Neben dem Eingang zum Ring warteten Melissa, Sharon und Matt. Er nickte ihr aufmunternd zu und streckte ihr die hoch gereckten Daumen entgegen.

Katie verstärkte den Griff um die Zügel und befahl sich tief durchzuatmen und ganz ruhig zu bleiben. Sie versuchte sich an all die guten Ratschläge zu erinnern, die sie vor kurzem Matt gegeben hatte. Aber in ihrem Kopf befand sich ein wirres Durcheinander von hektischen Reitern und nervös hin- und hertänzelnden Pferden. Von der Zuschauertribüne aus fühlte sie die erwartungsvollen Blicke der Familienangehörigen und Freunde auf sich gerichtet.

Sie begann die Zuschauerreihen nach ihnen abzusuchen, hielt dann aber inne. Es wäre vielleicht besser, wenn sie jetzt nicht hinschaute, besser, wenn sie nicht daran dachte, ihre Leute unter Umständen zu enttäuschen.

„Die Reiter der Gruppe Schritt- und Trabreiten bitte bereit

machen zum Einreiten.“ Die Stimme von Rose hallte in Katies Ohren. „Und viel Spaß!“

Katie zwang sich zu einem Lächeln. Das hier ist doch nur die Abschlussveranstaltung eines Sommer-Reitcamps, sagte sie sich, und kein olympischer Wettbewerb.

Einer der Betreuer winkte der Gruppe zu, auf den Platz zu kommen. Katie ritt in der Reihe auf Blooper hinter Jenna auf Turbo. Die drehte sich um und lächelte ihr zu. „Vergiss nicht! Spaß!“

„Ja, Spaß“, antwortete Katie teilnahmslos.

Sie ritten auf den Turnierplatz, hielten an und warteten auf die erste Anweisung eines Preisrichters. „Alle Reiter beginnen jetzt im Schritttempo einen Kreis im Uhrzeigersinn“, forderte Claire sie über das Mikrofon auf.

Katie trieb Blooper mit sanftem Schenkeldruck direkt hinter dem Sattelgurt an und schob ihre Hüften in den Sattel. Sobald er reagierte, lockerte sie den Druck und kontrollierte ihre Haltung. Sie hätte jetzt eigentlich locker sein sollen, aber trotzdem fühlte sie, wie sich Rücken und Schultern verspannten und die Hände die Zügel viel zu verkrampft umklammerten. Sie konnte fühlen, wie sich die Blicke auf sie richteten. Reitlehrer, Betreuer ... Familie.

Die Sekunden verrannen. Vor ihr schienen Jenna und Turbo völlig eins zu sein. Warum konnte Katie sich nicht genauso entspannen? Es war doch nur ein einfacher Schritt zu reiten, eigentlich die leichteste Sache der Welt.

„So, wir gehen jetzt zum Leichttraben über“, kam Claires nächste Anweisung. „Das Ganze weiter im Uhrzeigersinn.“

Als Katie Blooper das Kommando zum Traben gab, flüsterte sie sich zu: „Korrekte Diagonale, Katie! Achte auf deine Diagonale!“ Sie fühlte den vertrauten Zweier-Rhythmus unter sich und begann mit dem korrekten Aussitzen. Aber irgendwie schien sie sich bei dieser Gangart nicht entspannen zu können. Ihre Unterschenkel flatterten, als sie sich zum

Leichttraben aufrichtete, und ihre Hände gingen ruckweise rauf und runter. Im Geiste konnte sie Margaret Korrekturanweisungen brüllen hören.

Sie fragte sich, ob ihre Familie wohl schon annahm, dass sie es vermasseln würde. Ihr Blick wanderte nur für Sekundenbruchteile über die Tribüne, und da sah sie ihren Vater, ihre Stiefmutter, John, Natalie und Elise. Die hielt ein kleines Stück Karton in den Händen.

Katie riss ihren Blick von ihnen los. Sie wusste, dass sie so eine Ablenkung Punkte kosten konnte. Sie musste sich jetzt unbedingt konzentrieren. Trotzdem riskierte sie noch mal einen schnellen Blick, als sie ganz am Ende des Ringes angekommen war. Sie suchte die Reihen ab, bis sie Elise mit dem Schild entdeckt hatte.

„KATIE, WIR LIEBEN DICH“ stand darauf zu lesen.

Irgendwo in ihrem Kopf hörte Katie, wie Claire die Gruppe zum Traben in Schlangenlinie aufforderte. Sie musste auf den Diagonalwechsel und noch auf eine Menge anderer Dinge achten, wenn sie nur die kleinste Chance auf einen Preis haben wollte.

Katie wusste aber auch, dass sie sich nach dem Ende der Veranstaltung am stärksten an das Schild in den Händen ihrer Schwester erinnern würde.

„Vierter Platz bei deinem ersten Turnier“, gratulierte Sharon und betrachtete bewundernd das weiße Schleifchen von Katie. Die beiden standen in der Nähe des Einganges zum Turnierplatz und warteten auf den Beginn des Springens, der letzten Veranstaltung des Tages.

„Das ist größtenteils Bloopers Verdienst“, wehrte Katie ab und lehnte sich mit einem Seufzer gegen den Zaun. „Glaub mir, das Schleifchen ist mir gar nicht so wichtig. Ich bin schon stolz darauf, dass ich einfach durchgekommen bin. Ich hab wirklich erst mitbekommen, dass Claire meinen Namen aufgerufen hatte, als ich auf der Tribüne meine Familie vor Freude aufspringen sah."

„Und nun beginnt in wenigen Augenblicken als krönender Abschluss das Springen", verkündete Rose. „Wir drücken euch allen die Daumen, Leute! Erste Reiterin ist Jenna McCloud auf Turbo."

„Rose hat eine sehr originelle Art, ihre Ansagen zu machen", meinte Sharon mit einem Grinsen.

„Ich weiß gar nicht, für wen ich die Daumen drücken soll", erklärte Katie. „Immerhin sind Jenna, Melissa und Matt in dem Wettbewerb."

„Ich nehme an, dass Matt und Melissa sich platzieren werden ... vorausgesetzt natürlich, dass Matt und Romance miteinander klarkommen", meinte Sharon. „Auch Jenna könnte einen der vorderen Plätze belegen, obwohl die meisten von den anderen viel mehr Erfahrung haben."

„Sie hat sich über den zweiten Platz im Schritt- und Trabreiten so gefreut, dass sie schon glücklich wäre, wenn sie beim Springen nicht vom Pferd fällt", berichtete Katie von Jenna.

Sharon schirmte ihre Augen gegen die grelle Sonne ab. „Es ist ein ziemlich einfacher Parcours ohne besondere Schwierigkeiten. Sie wird bestimmt damit zurechtkommen. Wenn du dir Sorgen machen willst, dann schon eher um Romance. Die wirkte heute Morgen furchtbar unruhig, als Matt sie in ihrer Box putzte."

„Vor ein paar Minuten habe ich mit Matt auf dem Abreiteplatz geredet und ihm viel Glück gewünscht. Da schien mir Romance nach ein paar Übungssprüngen viel ruhiger zu sein. Bei Matt bin ich mir nicht so sicher."

Sie sahen, wie Jenna auf den Platz ritt und Turbo zu einem federnden, gleichmäßigen Galopp antrieb. Die beiden nahmen fehlerlos das erste Hindernis. Aber Jenna wendete Turbo ein wenig spät in Richtung des folgenden Oxers. Er erwischte daher einen etwas ungünstigen Absprungwinkel und verlor leicht an Schwung.

„Das ist das Schwierige an der Sache“, kommentierte Sharon. „In dem Augenblick, in dem du die eine Hürde geschafft hast, beginnt schon der Anritt auf die nächste. Man muss immer vorausdenken. Wenn man die Kurven so schneidet, verliert man an Schwung.“

„Man muss dabei an so vieles denken“, stimmte Katie zu und beobachtete voller Bewunderung, wie Jenna und Turbo die restlichen Hindernisse bewältigten.

„Mit viel Übung wird es leichter“, versicherte ihr Sharon. „Wie alles im Leben. Und es ist schon eine große Hilfe, wenn man ein Pferd hat, das gern springt. So wie Turbo eben. Jenna hat ganz Recht. Er wird eines Tages ein erstklassiger Springer sein.“

Jenna beendete ihren Ritt und die Mädchen brachen in begeisterten Beifall aus. „Gut gemacht“, lobte Sharon. „Kein schwerer Fehler.“

„Für mich ist sie großartig geritten“, stimmte Katie zu. „Aber ich kann das ja nicht so beurteilen.“

Nach zwei weiteren Reitern rief Rose Melissas Namen auf. „Die nächste Reiterin ist Melissa Hall auf Big Red“, dröhnte es aus dem Lautsprecher.

Als Melissa auf Big Red mit scheinbar müheloser Anmut durch den Parcours flog, begann Katie allmählich zu begreifen, worauf die Preisrichter achten mussten. Big Red näherte sich jedem Hindernis mit geschmeidigem, gleichmäßigem Schritt, ohne schneller zu werden oder zu verzögern und sprang genau in der richtigen Entfernung ab. Pferd und Reiterin bildeten über jedem Hindernis einen flüssig geschwungenen Bogen, so als wären Melissa und Big Red eins.

„Bei ihr sieht es so federleicht aus“, flüsterte Katie.

„Darauf kommt es an“, nickte Sharon zustimmend. „Melissa ist eine der Besten.“

Katie glaubte ein Stocken in Sharons Stimme zu hören. Sie blickte ihr ins Gesicht und sah zu ihrer Überraschung Tränen in den Augen ihrer Freundin.

„Beim nächsten Mal bist du wieder dabei“, klopfte ihr Katie tröstend auf die Schulter. „Da bin ich ganz sicher, Sharon.“

„Ach, es sind doch nicht die Trophäen, die ich vermisse. Es ist Cassidy“, erklärte sie mit erstickter Stimme. Doch dann räusperte sie sich, straffte die Schultern und war im nächsten Augenblick wieder die alte selbstbewusste Sharon. „Ich werde wahrscheinlich nie aufhören sie zu vermissen“, meinte sie nüchtern.

„Das ist gut so, Sharon. Du willst eben ein Pferd wie Cassidy nie vergessen.“

„Eine Freundin wie Cassidy“, verbesserte sie.

Melissa beendete ihre Runde unter dem Beifall der Zuschauer. „Red hat vor dem letzten Hindernis einen Extraschritt eingelegt“, erklärte Sharon fachmännisch, während sie begeistert Beifall klatschte. „Aber ich glaube, Melissa hat ins Schwarze getroffen. Drücken wir ihr die Daumen!“

Sie sahen noch sieben weitere Reiter, von denen nur ein Mädchen Melissa gefährlich zu werden schien. „Winnie könnte den ersten Platz schaffen“, räumte Sharon ein. „Es war ein fehlerloser Ritt, aber mir persönlich hat Melissas Stil besser gefallen. Winnie treibt ihr Pferd mit zuviel Kraft über den Parcours. Man muss zwar energisch vorwärts reiten, aber es sollte auch noch schön aussehen.“

„Unser letzter Reiter beim heutigen Springen ist Matt Collier“, dröhnte wieder die Stimme von Rose über den Platz.

„Armer Matt“, meinte Katie mitfühlend und umklammerte krampfhaft den Zaun. „Er ist wahrscheinlich jetzt schon ein kleines Nervenbündel. Und das bedeutet, dass Romance sicher schon ein großes Nervenbündel ist.“

Sharon blickte Katie an und schürzte die Lippen.

„Was ist?“, fragte Katie.

„Ich habe mich gerade gefragt: Ist es das Pferd, um das sie sich Sorgen macht oder der Reiter?"

„Um beide", gab Katie zu.

„Du magst den Typ irgendwie, oder?"

Zum Glück hatte Katie keine Zeit mehr zu antworten, denn in diesem Augenblick legte Matt mit einem flotten Galopp los.

„Schön", murmelte Sharon nach seinem ersten Sprung. „Absolut perfekt."

Katie hatte gar keine Zeit, auf technische Feinheiten zu achten. Sie war viel zu sehr damit beschäftigt, einen Blick von Matt zu erhaschen. Romance zumindest schien es wunderbar zu gehen. Sie nahm die Hindernisse, als wären sie gar nicht vorhanden. Ihr Gesicht strahlte konzentrierte Freude aus.

Das Gesicht von Matt dagegen war von seinem Reithelm verschattet. Erst als er mit Romance einen weiten, idealen Bogen als Anlauf auf die Dreier-Kombination ritt, hatte sie einen freien Blick darauf.

Er lächelte nicht nur, er sang sogar.

„Das klingt zwar verrückt, aber habe ich da nicht gerade eine Zeile aus der Nationalhymne gehört?", flüsterte Sharon.

Kurz darauf sah Katie, wie Rose auf Matt zuging, um ihm das Schleifchen für den dritten Platz zu überreichen. Katie wusste gar nicht, auf wen sie nun stolzer sein sollte, auf Matt oder Romance. Als sich Rose Matt näherte, blinzelte sie ihm zu. „Sie scheint sich heute ja tadellos zu benehmen, so dass ich mir vermutlich keine Sorgen mehr machen muss", meinte sie.

In genau diesem Augenblick stupste Romance Rose mit ihrer Nase an und erfasste mit dem Maul eine ihrer Haarsträhnen. Katie stockte der Atem. „Nicht doch, Romance", flüsterte sie. „Benimm dich!" Zu ihrer Überraschung und offensichtlich auch zu der von Rose zog Romance nicht weiter an den Haaren. Sie ließ die Strähne wieder los und nickte mit dem Kopf, so als wollte sie sich zu ihrer Tat gratulieren.

„So ist’s brav, mein Mädchen“, lobte Rose. Sie holte ein weiteres Schleifchen aus ihrer Tasche und befestigte es am Zaum von Romance.

Während die Zuschauer lachten und applaudierten, schnupperte Romance an dem Schleifchen, schien zu überlegen, ob sie es fressen sollte, und nickte schließlich erneut, als wollte sie sich bedanken. Matt nahm sein Schleifchen von Rose entgegen und hielt es dann hoch, damit Katie es genau sehen konnte.

Nachdem alle Preise verteilt waren, eilte Katie zu ihrem Schließfach. Nicht schlecht, überhaupt nicht schlecht. Es war ein guter Tag für die Reiterinnen von Silver Creek gewesen. Zweiter Platz für Jenna und ein sechster beim Springen. Ein vierter für Katie. Und ein zweiter für Melissa. Aber nicht nur das. Auch Matt und Romance hatten eine bravouröse Leistung erbracht.

Nachdem sie das Geschenk, das sie für Matt im Schließfach versteckt hatte, herausgeholt hatte, ging sie zur Box von Romance, um dort auf ihn zu warten. Er kam nach ein paar Minuten und sah erleichtert und glücklich aus. Romance machte den Eindruck, als könnte sie den Start in ein neues Turnier kaum erwarten.

„Hallo! Ich hab dich gesucht“, begrüßte Matt sie und sattelte Romance ab. „Ich habe gerade Alec getroffen.“

„Und was hat er gesagt?“, wollte Katie wissen.

„Er hat mich nach meinem Geheimnis gefragt.“ Matt schüttelte den Kopf. „Als ich ihm gesagt habe ‚die Nationalhymne‘ hat er mich nur entgeistert angeschaut.“ Matt entfernte das gelbe Schleifchen am Zaum von Romance. „Hier“, überreichte er es Katie. „Das gehört eigentlich dir.“

„Nein, Romance“, entgegnete Katie.

„Sie will aber, dass du es bekommst. Und wenn du es nicht willst, dann überlegt sie es sich vielleicht noch einmal und frisst es.“

„Einverstanden, dann nehm ich es. Ich schenk dir dafür etwas anderes.“ Katie nahm das Schleifchen und überreichte Matt ihr Geschenk: ein zusammengerolltes Blatt Papier, das mit einer Schnur umwickelt war.

Matt entrollte das Blatt und stutzte. „Das sind ja Romance und ich beim Sprung über ein Hindernis. Katie, das ist ...“ Plötzlich runzelte er die Stirn. „Nein, das ist nicht ganz richtig, also wirklich.“

„Was?“, fragte Katie beunruhigt. „Gefällt es dir nicht?“

„Es ist nur ... also, du hast mich hier mit perfekter Haltung gezeichnet.“

Katie lachte erleichtert auf. „Das nennt man künstlerische Freiheit. Aber es gefällt dir doch?“

Matt schüttelte verwundert den Kopf. „Gefallen ist viel zu wenig“, antwortete er.

Er sah sie schüchtern an. Sie fühlte, wie seine Hand in die ihre glitt. Ihre Finger fanden sich und Fausthandschuhe waren gar nicht mehr nötig.

Kapitel 15

Melissa stand in der Sattelkammer und warf einen prüfenden Blick auf ihre Uhr. Seit der Preisverleihung der letzten Gruppe waren schon zehn Minuten vergangen und immer noch kein Mister X.

Sie hielt das leuchtend rote Schleifchen hoch und betrachtete es lächelnd. Zwar nicht blau, aber trotzdem nicht schlecht.

Überrascht stellte sie fest, dass es ihr überhaupt nichts ausmachte, das blaue an Winnie verloren zu haben. Melissa hatte so große Hoffnungen in dieses Abschlussturnier gesetzt und sich bestens vorbereitet. Sie dachte, Erste zu werden, würde ein gelungener Abschluss des Camps sein, die Bestätigung, dass sie es auch hier geschafft hatte. Eigentlich hatte sie ja gar nicht nach Silver Creek kommen wollen und schon kurz nach ihrer Ankunft überlegt, gleich wieder abzureisen. Sie hatte sich anfangs wegen ihrer Hautfarbe isoliert gefühlt und dann auch noch ihren Freund verloren. Aber jetzt hatte Melissa alle Schwierigkeiten überwunden. Ja, so kann das im Leben gehen. Wie ihre Mutter immer sagte: „Alles kann man schaffen, man muss es nur wirklich wollen."

Als Claire ihren Namen für den zweiten Platz aufgerufen hatte, war etwas Unerwartetes geschehen. Melissa war mit Big Red vor die Schiedsrichtertribüne geritten, und während Claire das rote Schleifchen an seinem Zaum befestigte – das Schleifchen, das eigentlich hätte blau sein sollen – hatte Melissa mitbekommen, dass jemand ihren Namen rief. Richtiger gesagt, drei Jemands: Sharon, Katie und Jenna. Melissa hatte sich umgedreht und gesehen, wie sie klatschten, hoch sprangen und völlig aus dem Häuschen waren. In diesem Augenblick hatte die Farbe ihres Schleifchens keine Rolle mehr gespielt.

Melissa schaute wieder auf die Uhr. Sie fragte sich, wie lange sie noch warten sollte. Die Turnierfeier am See würde bald beginnen. Rose hatte eine Menge feiner Sachen zum Essen versprochen, und Melissa freute sich schon darauf, denn sie war fast am Verhungern. Es war immer das Gleiche bei ihr. Vor einem Turnier brachte sie keinen Bissen hinunter und nachher hatte sie einen Bärenhunger.

Melissa warf einen Blick durch die offene Tür des Sattelraums. Sie hatte keine Lust noch allzu lange zu warten. Genau in diesem Moment läutete das Telefon an der Wand. Melissa zögerte. Eigentlich sollte es nur in Notfällen benutzt werden. Sie konnte sich nicht erinnern, es je läuten gehört zu haben.

Drei, vier, fünf Klingelzeichen. Na schön, jemand musste ran gehen und außer ihr war sonst niemand da. Sie nahm vorsichtig den Hörer ab. „Hallo?“

„Melissa?“ Die Stimme klang tief, krächzend und gedämpft wie ein Frosch, der in ein Kissen sprach.

„Eh. Ja. Hier ist Melissa Hall. Wer spricht dort?“

„Das weißt du nicht?“

„Kermit, der Frosch?“

„Hier ist Mister X.“

„Mister X. Ich hab nicht geglaubt ... Ich hatte schon befürchtet, dass es nur so eine Art blöder Scherz wäre. Aber es gibt dich wirklich.“

„Natürlich gibt es mich wirklich. Ich bin so wirklich wie der Mond, ich bin so wirklich wie die Sterne. Ich bin so wirklich wie ...“ Es folgte eine lange Pause. „Ich bin so wirklich wie ... na ja, wirkliche Dinge.“

Melissa wickelte die Schnur um die Finger. „Ich dachte, du kommst ...“ Sie sprach nicht weiter, da Louisa erschien und ein

Zaumzeug zurückbrachte. „Ich dachte, du kommst, um mir beim Turnier zuzusehen“, flüsterte sie, als Louisa gegangen war.

„Deshalb ruf ich dich ja an. Also, ich habe ...“ Melissa hörte lautes Husten. „Ich habe eine schreckliche, sehr ansteckende Krankheit, wie du vielleicht hörst. Es ist ... eigentlich wissen die Ärzte selbst noch nicht, was es ist. Aber sie sagen, die Krankheit ist sehr ansteckend.“

„Das ist ja schrecklich. Wann hat das denn angefangen?“

„Heute Morgen. Sie haben mich ganz schnell weggebracht, und so konnte ich das Abschlussturnier nicht sehen.“

„Ich hab mich schon gefragt, wo du warst. Bei allen Ansagen für die verschiedenen Gruppen hab ich deinen Namen nicht gehört. Ich hab herumgefragt, aber niemand kennt dich.“

„Ich hab dir ja schon gesagt, ich bin sehr schüchtern.“

Melissa seufzte schwer. „Aber kann ich dich denn nicht besuchen kommen?“

„Nein!“ Das klang fast wie ein Aufschrei. „Ich meine, auf keinen Fall. Das ist viel zu gefährlich, liebe Melissa.“

„Aber aus wahrer Liebe tut man alles“, versicherte Melissa. „Endet die Sage von Comet und Aurora nicht so?“

„Ach ja, wirklich?“ Die Stimme klang sehr überrascht. „Soll das heißen, du kennst diese Geschichte?“

„Na klar. Jeder der Pferde liebt, hat sie schon mal gehört.“

„Aha. Wie läuft das ... also welches Ende kennst du denn? Es gibt nämlich verschiedene Versionen, weißt du.“

„Mister X, kannst du mal ’ne Minute warten? An der Schwelle des Todes befindest du dich ja noch nicht, oder?“

„Nein, aber es fehlt nicht mehr viel dazu.“

„Ich beeile mich. Ich habe Lärm im Stall gehört. Ich schau mal nach. Ich bin gleich wieder da.“

Melissa ließ den Hörer herabbaumeln. Sie langte nach ihrem Schleifchen und dem Blatt Papier aus ihrem Notizblock, das sie in ihren Reithelm gesteckt hatte und rannte aus der Sattelkammer in den sonnigen Nachmittag hinaus.

Jenna hielt den Hörer gegen die Brust gedrückt. „Melissa ist in den Stall gerannt“, erklärte sie. „Sie hat dort Krach gehört. Glaubt ihr, dass sie unseren Taschentuchtrick durchschaut hat?“

„Nein, du hast wirklich wie Kermit, der Frosch, geklungen“, beruhigte Sharon sie.

„Danke, das hab ich heute schon mal irgendwo gehört. Hoffentlich kommt sie gleich zurück“, murrte Jenna und prüfte, ob Melissa schon wieder da war. „Rose sagt, wir dürfen das Bürotelefon nur ein paar Minuten benutzen.“

„Also, ich kapiere da was nicht“, wunderte sich Katie. „Wie kann sie das Ende der Sage wissen, wenn noch nicht mal wir es kennen?“

Jenna legte wieder den Hörer mit dem Taschentuch ans Ohr. „Melissa, meine Liebe?“, krächzte sie, als Katie und Sharon näher kamen, um zu horchen.

„Ich bin wieder zurück, Mister X“, flötete Melissa mit süßer Stimme. „Bitte komm mir nicht mit diesen schlimmen, namenlosen Bazillen zu nahe, ja?“

„Was ist los? Die Verbindung ist plötzlich so klar“, fragte Jenna erstaunt. „Du hörst dich an, als ob du ...“

Jemand tippte Jenna auf die Schulter. „„... im gleichen Raum wärst?“

Jenna fuhr herum und schleuderte den Telefonhörer in die Luft.

„Melissa!“

„Melissa!“, rief Katie.

„Melissa!“, wiederholte Sharon ihren Namen.

„Mister X, nehme ich an?“ Melissa setzte sich auf einen Stuhl und verschränkte die Arme über der Brust.

„Du hast es gewusst?“, fragte Jenna und hing den Telefonhörer ein. „Seit wann?“

„Seit, oh, ich weiß nicht genau. Ungefähr seit der ersten Zeile deines ersten Briefes."

„Meine Handschrift!" Jenna schlug sich mit der flachen Hand gegen die Stirn. „Ich dachte, wenn ich mit der linken Hand schreiben würde, würdest du sie nicht erkennen."

„Hätte ich auch nicht. Aber außer dir kenne ich niemanden, der auf das ‚i' einen Kreis setzt. Eigentor!"

„Aber warum hast du nichts gesagt?", fragte Sharon. Sie grinste. „Ich verstehe. Du musst mir nicht antworten. Es hat dir einen Riesenspaß gemacht, Jenna an der Nase herumzuführen."

Jenna stöhnte. „Es tut mir wirklich Leid, Melissa. Das ist nicht wie geplant gelaufen. Wir wollten doch nur, dass es dir wieder besser geht."

„Ist euch gelungen", lächelte Melissa.

„Wie bitte?"

„Ja. Ich habe kapiert, wie glücklich ich sein kann Freunde zu haben, die sich aus Sorge um mich zu kompletten Idioten machen." Melissa betrachtete das Schleifchen in ihrer Hand. „Ich war in letzter Zeit nur mit Marcus und dem Turnier beschäftigt. Aber als ich heute Zweite wurde, habe ich erkannt, dass ich euch drei jedem blauen Schleifchen vorziehe. Offen gestanden, ihr drei und dazu das blaue Schleifchen wären mir natürlich noch lieber. Aber so wie es ist, ist es großartig." Sie reichte Jenna ein Blatt Papier. „Tut mir Leid", entschuldigte sie sich, „ich kann keine Pferde falten."

„Was ist das?", fragte Jenna.

Melissa strahlte. „Das Ende der Sage natürlich."

Jenna faltete das Blatt auseinander und las:

Lieber Mister X,

ich schreibe dir hier unseren letzten Brief. Bevor wir Abschied nehmen, möchte ich die Geschichte von Comet und Aurora so zu Ende erzählen, wie ich sie gehört habe.

Als wir den armen, alten Comet zuletzt gesehen haben, stand er am Ufer des reißenden Silver River mit seiner Liebeserklärung, die ihm Mariah geschrieben hatte. Vom anderen Flussufer her warf ihm die schöne Aurora sehnsüchtige Blicke zu.

Schließlich hielt es Comet nicht mehr aus. Er klemmte die Liebeserklärung zwischen die Zähne und sprang in die wildschäumenden Stromschnellen des eisigen Flusses. Comet kämpfte wie wild gegen die gewaltige Strömung an, aber er schaffte es nicht auf die andere Seite zu kommen, auch wenn er der kraftvollste aller Hengste war.

Aurora sah mit Entsetzen, wie Comet von den Fluten fortgerissen wurde, und zögerte keinen Moment. Sie sprang in den Fluss, um Comet zu retten, und das reißende Wasser erfasste sie genau wie ihren Liebsten. Aurora bot alle ihre Kräfte auf und erreichte Comet. In diesem Moment erfaßte ein gewaltiger Strudel die beiden und zog sie in die Tiefe. Sie wurden nie wieder gesehen.

Mariah war so ergriffen von dem Mut und dem Liebesbeweis der beiden Pferde, dass sie sie in Stein verewigte. Noch heute kann man sie in dem sanft dahinplätschernden Silver River, der jetzt Silver Creek heißt, gemeinsam sehen: zwei Granitfelsen, Seite an Seite, teilen für immer den Fluss.

„Oh, Gott“, schniefte Katie, „was für eine schöne Geschichte. Aber sie ist so traurig. Warum gibst du ihr kein Happyend?“

Melissa zuckte mit den Achseln. „Es ist eine Sage. Da ist immer ein Wermutstropfen dabei.“

„Ich bin sehr froh, dass du der Geschichte ein Ende gegeben hast“, gestand Jenna. „Ich wollte nämlich gerade so was in der Art sagen wie ‚Und so lebten sie glücklich und zufrieden bis ans Ende ihrer Tage‘.“ Sie seufzte. „Irgendwie finde ich es schon schade, dass der alte Mister X ins Gras beißen musste. Er konnte so romantisch schreiben.“

„Offen gesagt, Jen, es war ein Brechmittel“, erwiderte Melissa.

„Außerdem“, fügte Sharon mit einem Grinsen hinzu, „hatte er eine ansteckende Krankheit.“

„Ich kann keinen Schritt mehr gehen. Ihr müsst mich in einen Schubkarren laden und fahren“, stöhnte Jenna. Es war noch früh am Abend, und die Party nach dem Abschlussturnier begann allmählich ihrem Ende zuzugehen. „Ich habe dreieinhalb Hot Dogs gegessen.“

„Viereinhalb“, verbesserte Katie sie. „Aber, wir wollen ja nicht kleinlich sein.“

„Pass auf, McCloud!“, warnte Sharon Jenna, „Ich habe mich auf deine blödsinnige Idee mit dem Briefeschreiben eingelassen. Zur Strafe darfst du jetzt ein paar hundert Meter für mich gehen.“ Sie warf einen prüfenden Blick auf ihre Uhr. „Los jetzt! Wir müssen uns beeilen.“

„Ja, ja, aber muss das denn ausgerechnet jetzt sein?“, maulte Jenna.

„Sie möchte Luna noch ein bisschen auf der Koppel herumführen“, erklärte Melissa.

„Aber warum denn?“

Sharon griff unter Jennas rechten Arm und Katie unter ihren linken. „Eins, zwei, drei, hoch!“, befahl Sharon und schon stand Jenna mehr oder weniger senkrecht.

Die vier Mädchen gingen zum Stall hinüber und legten Luna das Zaumzeug an. Die Stute zeigte sich wie immer wenig interessiert. „Mit wem hast du denn vorhin telefoniert, Sharon?“, wollte Katie wissen.

„Telefoniert?“, fragte Sharon ganz verwundert.

„Na ja, du weiß schon. Mit so einem Apparat, der kurze Klingeltöne von sich gibt und nummerierte Tasten hat“, gab Jenna ihr zu Antwort.

„Oh, nur mit Mr. Hardesty.“

„Mr. Hardesty?“, wiederholte Melissa. „Was wolltest du von ihm?“

„Versteh doch“, versuchte Sharon zu erklären, als sie Luna aus dem Stall führte. „Ich möchte es nicht sagen, weil ich schon einmal falsch gelegen habe. Und wenn das jetzt wieder der Fall ist, erfahre ich nie den wahren Grund für Lunas seltsames Verhalten.“

„Du glaubst doch nicht noch immer, dass Luna diesen Wallach vermisst?“, fragte Katie, als sie in Richtung der Westkoppel gingen.

„Nein“, wehrte Sharon ab. „Aber ich glaube sie vermisst ... einen anderen.“

„Einen anderen Wallach?“

„Nein.“

„Eine Stute?“

„Nein“, erwiderte Sharon kurz angebunden.

„Glaubst du, sie könnte sich mit dem kleinen Maulesel angefreundet haben?“, ließ Katie nicht locker. „Ich habe nämlich schon von Pferden gehört, die so was tun.“

„Also, wenn du es unbedingt wissen willst ... “, Sharon zögerte kurz. „Ich glaube, sie vermisst Arthur.“

„Arthur? Eines von Mr. Hardestys Kindern?“

„Nein.“ Sharon vergrub ihr Gesicht in Lunas Mähne. „Das ist einer von seinen Hunden.“

Sharon zog leicht an Lunas Führstrick, und sie setzten ihren Weg fort. „So was kann vorkommen.“

„Toll“, stellte Melissa fest. „Und eines Tages können Schweine fliegen.“

„Mein Gott. Alles, was ich bis jetzt weiß, ist, dass Luna auf den Fotos von dir Spaß mit etwas Kleinem, Braunem hatte. Und erinnerst du dich, als wir Mr. Hardesty besucht haben, erzählte er, dass er einen kleinen Spürhund hat, den er an die Leine nehmen muss, weil der ansonsten immer die Kühe über die Wiese jagt.“

„Aber der würde doch Luna zu Tode erschrecken“, gab Katie zu bedenken.

„Gut, aber Claire hat mir erzählt, dass Lunas früherer Besitzer ein ganzes Rudel Hunde besaß. Außerdem vergiss nicht: Sie ist trotz alledem ganz schön hart im Nehmen.“

Die Mädchen erreichten das Weidegatter. Jenna öffnete die Verriegelung und Sharon ließ Luna durch. „So, jetzt werden wir uns mal das romantische, absolut natürlichste Rendezvous zwischen einem Hund und einem Pferd ansehen. Nicht schlecht.“ Jenna rieb sich verlegen die Hände. „Sharon, ich mein’s nicht so. Auch ich würde alles darum geben, dass Luna wieder ganz die Alte wird.“

„Außerdem schließen die Tiere oft die seltsamsten Freundschaften“, bestätigte Katie. „Ich hatte mal ’ne Katze, die immer bei einem Meerschweinchen schlief.“

„Gut, vielleicht hat die Katze geschlafen“, wandte Sharon ein. „Ich bezweifle aber, dass das Meerschweinchen einen erholsamen Schlaf hatte.“

Auf halbem Weg zur Koppel hinunter hielten sie an. Die Sonne begann wie ein strahlender, kupferfarbener Ball langsam unterzugehen. Sharon nahm Luna den Führstrick ab und trat einen Schritt zurück. Luna schaute sie mit traurigen, lustlosen Augen an. „Ich hoffe bloß, es geht nicht schief“, flüsterte Sharon ihr zu.

Etwa 40 Meter weiter unten am Zaun, auf einer Lichtung zwischen hoch aufgetürmten Gebüschhaufen, erschien Mr. Hardesty. Er lehnte sich über den Zaun und winkte. Die Mädchen winkten zurück. „Aber wo ist Arthur?“, fragte Katie.

Plötzlich schoß ein brauner Blitz hysterisch bellend über den Zaun auf die Mädchen zu. Seine Pfoten berührten kaum den Boden.

Sharon schluckte. Hatte sie einen schrecklichen Fehler gemacht? Dieser Hund raste wie ein Torpedo heran. Was, wenn Luna sich erschreckte?

Aber als sich Arthur ihr näherte, stellte Luna die Ohren auf, schlug eifrig mit ihrem Schweif, und ihr ganzer Körper spannte sich erwartungsvoll. Arthur drehte einen weiten Bogen um sie, bellte in voller Lautstärke und steuerte dann auf Lunas Hinterbeine zu.

„Nein", schrie Sharon und versuchte Luna aus dem Gefahrenbereich zu ziehen. In diesem Moment warf Luna ihren Kopf zurück und stieß ein unglaubliches Freudengewieher aus. In Sekundenschnelle galoppierte sie mit donnernden Hufen davon. Hund und Pferd tollten umher und tanzten. Arthur sprang hoch, um Luna kläffend zu begrüßen, und sie beugte sich hinunter, um ihn freundschaftlich anzustupsen. Es sah wie ein komischer Balletttanz aus, wie ein Pas-de-deux, den Hund und Pferd anscheinend schon viele Male vorher zusammen getanzt hatten.

„Unglaublich", flüsterte Sharon. „Luna hat wirklich einen kleinen Tick."

„Aber jetzt ist sie wieder glücklich", stellte Katie fest.

„Vermutlich habt ihr Recht", gab Mr. Hardesty zu, als die Mädchen zum Zaun gegangen waren und ihn begrüßten. „Aber ich muss zugeben, es war die verrückteste Idee, die ich je gehört habe. Das Pferd hätte auch zu Tode erschreckt werden können von diesem verdrehten Hund."

„Aber es ist ja selbst so verrückt", erwiderte Sharon. „Ich hätte nie gedacht, dass wir jemals in die Situation kommen würden, so eine Besuchsregelung arrangieren zu müssen."

„Also, ihr könnt mir wirklich glauben, ich habe Arthur noch nie so glücklich gesehen", gestand Mr. Hardesty.

Während Luna und Arthur tanzten und spielten, sahen die Mädchen, wie die Sonne hinter einem der niedrigeren, dunklen Hügel verschwand. Ein leichter Windhauch führte die erste herbstliche Kühle mit sich, den Geruch von Pullovern und Schule.

„Es sieht aus, als ob der Sommer langsam zu Ende geht",

meinte Katie. „Ich hasse den Gedanken, dass das Camp bald vorbei ist.“

„Ja“, gab ihr Sharon Recht. „Keine Moskitostiche mehr. Keine Nase, die sich schält.“

„Kein tägliches Reiten mehr“, stellte Jenna traurig fest.

Die Mädchen schwiegen und beobachten Luna, wie sie mit ihrem Freund durchs Gras schlenderte.

„Aber die Reiterinnen von Silver Creek wird es immer geben“, sagte Katie im Brustton der Überzeugung.

Melissa lächelte. „Ja, die Legende lebt.“